D1385655

Pierre Saurel

LA MAÎTRESSE DU CAÏD

QUÉBEC /AMÉRIQUE

450 est, rue Sherbrooke, Suite 390
Montréal, Québec H2L 1J8
Tél.: (514) 288-2371

DÉPÔT LÉGAL :
3e TRIMESTRE 1984
BIBLIOTHÈQUE NATIONALE DU QUÉBEC
ISBN 2-89037-223-5

Chapitre premier

PROSTITUÉE DU QUÉBEC

Les policiers, en nombre important, firent irruption à l'intérieur du petit cabaret Greenlight.

— Que personne ne bouge, lança un officier.

L'ordre avait été donné en langue anglaise.

Il y eut des cris, des protestations. Les policiers procédaient déjà à de nombreuses arrestations.

Soudain, on entendit une jeune femme hurler. Elle se débattait comme une déchaînée. Armée d'un couteau, caché sans doute sous ses vêtements, elle avait réussi à frapper un officier au bras.

On la maîtrisa, on lui passa les menottes, mais, enragée, elle continuait de frapper du pied tous ceux qui s'approchaient d'elle. Cependant, quelques minutes plus tard, elle se retrouvait assise dans le wagon cellulaire, entourée de plusieurs autres filles, de quelques hommes et d'agents de la sécurité.

Les policiers de Pottsville, localité de plus de 20 000 habitants, située dans l'État de Pennsylvanie aux États-Unis, avaient décidé de mettre un terme aux activités de cet endroit louche.

On conduisit tous ceux qui furent arrêtés à la centrale de police.

Le sergent-détective William Blake, qui avait pris en charge l'opération, ordonna à un de ses agents :

— Enfermez-les tous dans les cellules, mais amenez-moi cette fille qui a blessé un de nos hommes. J'aimerais lui poser quelques questions.

Quelques minutes plus tard, la jeune fille, les cheveux en désordre, la robe déchirée, était conduite devant le sergent-détective.

— Assoyez-vous, ordonna l'officier. Votre nom ?

Elle ne répondit pas.

— Mademoiselle, votre conduite vous causera des tas d'ennuis. Déjà vous serez accusée d'avoir blessé un policier et d'avoir résisté à votre arrestation. Alors, pour ne pas aggraver votre cas, je vous conseillerais de répondre à mes questions. Votre nom ?

— Janine Lemay.

— Vous habitez à quel endroit ?

Elle donna le nom d'un petit hôtel.

— Votre métier ?

Et, avec arrogance, elle répondit, comme si elle était fière d'elle :

— Je suis une prostituée.

Il était plutôt rare qu'une fille admette aussi rapidement le métier qu'elle exerçait. Le sergent la mit en garde :

— Tout ce que vous direz pourra servir contre vous, lors de votre procès, mademoiselle.

— Je m'en fous. Je veux qu'on me fiche la paix. Qu'on m'enferme pour des semaines, des mois, ça m'est absolument égal.

Elle parlait avec un fort accent étranger.

— Vous êtes Américaine ?

— Non, Canadienne, je suis du Québec. Mais je vis illégalement aux États-Unis depuis deux mois.

Un autre aveu surprenant. Le sergent-détective se demandait si cette fille avait bien toute sa raison. Au lieu de les camoufler, elle s'avouait coupable de nombreuses infractions.

— Vous dites qu'il vous est égal de passer plusieurs mois derrière les barreaux, alors pourquoi avoir frappé un policier ? Pourquoi vous être défendue à ce point ?

Elle adopta de nouveau la tactique du silence.

— Vos compagnes, du moins celles qui ne seront pas trouvées en possession de drogue, pourront reprendre leur liberté sous cautionnement dès demain, mais sûrement pas vous. Vous refusez toujours de m'expliquer la raison de votre étrange conduite ?

— Allez au diable !

Le sergent en avait assez. Il appela un de ses assistants.

— Celle-là, ordonna-t-il, enfermez-la dans une cellule à part. Qu'on m'apporte tous les papiers qu'on a pu trouver sur elle. Il me faut plus d'informations sur cette fille.

— Bien, sergent.

Quelques minutes plus tard, le sergent apprenait, grâce aux papiers trouvés dans le sac à main de la fille, qu'elle avait habité Montréal durant un certain temps.

— Je vais communiquer avec la police de la métropole canadienne. Cette fille fait tout pour qu'on la condamne à la prison. Son attitude n'est pas normale. Elle fuit peut-être les autorités de son pays.

Et il fit des appels à Montréal. Le nom de Janine Lemay, à première vue, ne semblait pas avoir éveillé l'attention de la police de la communauté urbaine.

— Nous allons nous renseigner, sergent et nous vous rappellerons.

Ce ne fut que le lendemain matin que le sergent-détective Blake reçut un appel interurbain.

— Sergent-détective Blake?

— Oui, c'est moi.

— Je suis l'agent Robert Smith, enquêteur spécial sur le crime organisé au Canada. Vous avez arrêté une demoiselle du nom de Janine Lemay, n'est-ce pas?

— Oui, hier soir, au cours d'une descente dans un des tripots de la ville. Cette demoiselle nous a donné beaucoup de fil à retordre.

— Comment ça?

Blake lui raconta comment Janine Lemay avait résisté à son arrestation.

— Elle a même avoué être entrée illégalement aux États-Unis. On peut l'accuser d'homicide involontaire, elle sera condamnée à quelques mois de prison, peut-être quelques années. Mais ça semble être exactement ce qu'elle désire.

À la grande surprise du sergent-détective, l'agent spécial Smith déclara:

— Vous avez deviné l'exacte vérité, sergent.

— Cette jeune fille est recherchée au Canada?

— Non, mais nous savons qu'elle se cache.

Et Smith expliqua :

— Pendant un certain temps, elle fut la maîtresse d'un dénommé Romano, un des chefs du crime organisé de la métropole. Il y a quelques mois, Romano a été trouvé mort assassiné.

Le sergent crut deviner la vérité :

— Vous croyez que cette demoiselle...

— Non, elle n'est pas du tout mêlée au meurtre. Il s'agit simplement d'une vengeance du milieu. Romano faisait le trafic de la drogue. Maintenant, son groupe a perdu le monopole. On a arrêté un tueur à gages, un homme de main, et il doit subir son procès sous peu pour le meurtre de Romano. Quant à Janine Lemay, elle a préféré fuir le pays. Probable qu'elle craignait également la vengeance des ennemis de son amant. Sans doute qu'elle en sait long sur le meurtre de l'homme qu'elle disait aimer. Nous menons présentement une enquête sur le crime organisé et, surtout, sur le commerce de la drogue. Son témoignage nous serait d'une grande utilité.

Le sergent lui coupa la parole.

— Puisqu'elle avoue être entrée illégalement au pays, il sera facile pour vous de la faire déporter au Canada.

Mais Smith l'arrêta :

— Non, ce n'est pas ce que nous voulons. Si nous prenons les moyens ordinaires, si nous passons par les autorités, la nouvelle viendra rapidement aux oreilles de ceux qui craignent son témoignage. On fera tout pour l'empêcher d'entrer au Québec ; non, sergent, je voudrais qu'on agisse par des moyens détournés.

— Comment ça ?

— Si je dépêche à Pottsville un agent spécial, avec l'ordre de ramener Janine Lemay en douce au pays, la laisserez-vous partir ?

Blake hésita.

— C'est très délicat ce que vous me demandez là. Des charges pèsent contre cette demoiselle, elle a blessé un de nos hommes, elle doit comparaître en cour et...

— Et avec un bon avocat, engagé par les patrons du tripot, un avocat qui prouvera qu'elle avait bu, qu'elle n'avait pas toute sa tête, qu'elle n'a aucun dossier criminel, qu'elle a agi par crainte, elle s'en tirera probablement.

— Possible.

— Si vous consultiez vos supérieurs, vous pourriez sûrement laisser tomber les charges contre Janine Lemay et la remettre à un de mes hommes. Si vous agissez autrement, vous risquez d'avoir beaucoup d'ennuis. Vous connaissez la pègre internationale, n'est-ce pas ? On apprendra au Québec que vous gardez cette fille dans une de vos prisons. Son procès n'aura lieu que dans quelques mois, il vous faudra la surveiller continuellement.

Smith promit à Blake de lui faire parvenir rapidement les notes principales concernant le dossier Romano et la raison de la nécessité que Janine Lemay soit présente lors du procès.

— Comprenez ma situation. Je pourrais demander son extradition, faire émettre un mandat ou lui faire parvenir un « subpoena » l'obligeant à témoigner, mais toute nouvelle de ce genre s'ébruite et nous ne ferions que mettre en péril la vie de cette fille.

Blake demanda :

— Est-ce réellement une prostituée ?

— Elle a été danseuse. Disons que c'est une fille facile, mais vu qu'elle était la maîtresse d'un des petits rois du milieu, non, je ne crois pas qu'on puisse dire qu'elle est une prostituée. Remarquez que, depuis son arrivée aux États-Unis, elle a pu facilement exercer ce métier. Son attitude ne me surprend aucunement. Elle espère être condamnée à quelques mois de prison. En cellule, elle se sentira en sécurité et lorsqu'elle sera remise en liberté, l'affaire Romano aura été oubliée. Cependant, son témoignage pourrait grandement nous être utile.

— Je vais consulter mes supérieurs, fit Blake. Envoyez-moi le dossier concernant cette affaire ; en attendant, Janine Lemay ne comparaîtra pas avec les autres accusés.

Le lendemain, l'état-major du corps de police de Pottsville se réunissait. On avait reçu de nombreuses notes concernant l'affaire Romano, le meurtre de ce roi du milieu, et on y parlait de sa jolie maîtresse, Janine Lemay.

Blake expliqua à ses supérieurs :

— Cette jeune fille en sait long, elle connaît probablement les noms de ceux qui ont engagé le tueur à gages qui a descendu son amant. Mais elle craint de témoigner, elle ne veut pas retourner dans son pays.

Le policier blessé par Janine Lemay était déjà sorti de l'hôpital. Il n'avait passé que quelques heures à l'urgence, où l'on avait pansé sa blessure, qui était sans gravité.

On en vint à la conclusion que porter des accusations contre cette Québécoise causerait beaucoup plus d'ennuis aux autorités de Pottsville qu'autre chose.

— Je n'ai qu'à communiquer avec l'enquêteur spécial Robert Smith, il chargera un de ses hommes de ramener Janine Lemay au pays et nous n'entendrons plus parler d'elle.

Et tout l'état-major donna son accord. Pendant ce temps, la très jolie Janine attendait dans sa cellule, se demandant pour quelles raisons elle n'avait pas encore comparu devant les autorités.

« J'ai tout fait pour qu'on m'arrête, pour qu'on me condamne ; mes compagnes ont déjà passé en jugement et moi, j'attends toujours. Pourquoi ? »

Et cet étrange silence n'était pas sans l'inquiéter.

*
* *

L'agence de détectives privés de Robert Dumont, le Manchot, était certes la plus occupée et la plus populaire du Québec.

Robert Dumont avait maintenant de nombreux employés à son service, la plupart travaillant sous les ordres du détective Landry, qui avait la charge de l'agence de sécurité rattachée au bureau d'enquêtes.

Le Manchot lui-même ne s'occupait que des causes criminelles et pas n'importe lesquelles. Il choisissait judicieusement ses clients.

Pour l'aider dans sa tâche, le grand Michel Beaulac, un ex-policier, et la très sexée Candy Varin suffisaient. Cependant, la nouvelle secrétaire, Danielle Louvain, une fille qui avait travaillé comme cascadeuse dans certains films québécois, pouvait leur prêter main-forte à l'occasion.

Michel Beaulac, le grand Mike, comme on l'appelait, venait de prendre une décision qui allait changer toute sa vie. Il avait annoncé au Manchot qu'il allait enfin épouser Yamata, cette jolie Canadienne de descendance japonaise.

Yamata et Michel avaient habité ensemble pendant un certain temps, et son amie remplissait en outre les fonctions de secrétaire au bureau de l'agence.

Mais la jeune Niponne rêvait d'avoir des enfants et Michel ne semblait pas être prêt au mariage. Aussi, Yamata décida brusquement de l'abandonner. Et c'est quelques jours plus tard qu'elle fut sérieusement blessée ; elle devint amnésique mais elle put, grâce aux soins attentifs de ses médecins, recouvrer complètement la santé.

Et Michel avait promis :

— Si jamais elle se rétablit complètement, je l'épouserai aussitôt.

Yamata était maintenant sortie de l'hôpital. Cependant, ce fut sans grand enthousiasme que Michel annonça à son patron :

— Nous allons nous marier d'ici quelques semaines.

— On dirait que c'est une mauvaise nouvelle ! Change d'air Michel, tu devrais être heureux, Yamata te fera une excellente épouse.

Le grand Beaulac murmura :

— C'est pas ça, carabine ! Je sais qu'elle est exceptionnelle. Mais dans le métier que j'exerce, je ne me vois pas élever une famille, je cours trop de risques !

Le Manchot comprenait difficilement l'attitude de son bras droit. Lui qui n'avait peur de rien, qui ne reculait devant aucun danger, il craignait les liens du mariage !

— Si le mariage et le travail d'enquêteur, c'est trop de responsabilités pour toi, je te transférerai au service de sécurité. Vous ne serez pas trop de deux pour le diriger.

— Jamais de la vie, torrieu, s'était écrié Michel. Je finirai bien par m'ajuster.

Ce matin-là, le Manchot avait beaucoup trop de travail pour s'attarder à songer à l'avenir de Michel. Il avait deux clients à rencontrer et deux autres enquêtes en cours. Danielle Louvain, la jolie secrétaire, lui avait remis le courrier et la liste des appels qu'il avait reçus au cours de l'après-midi de la veille.

Il s'arrêta tout à coup sur un nom :

18

— Agent spécial Robert Smith, lut-il.

Et il songea :

« Ce n'est peut-être pas celui que je connais. Je ne vois pas Smith avoir recours à nos services. »

Au cours de sa longue carrière de policier, avant son accident qui lui avait coûté sa main gauche, Robert Dumont avait particulièrement détesté deux hommes.

Le premier était son supérieur, pendant qu'il était membre de l'escouade des crimes contre la personne de la police de la communauté urbaine de Montréal, l'inspecteur Jules Bernier.

Ex-militaire, Bernier dirigeait ses hommes à la baguette. Il critiquait continuellement le travail de ses subordonnés et, après l'accident du Manchot, même si ce dernier, grâce à sa prothèse, se sentait capable d'accomplir le même travail qu'autrefois, il l'avait confiné dans le bureau à une simple routine de classification. Et un jour, le drame éclata ; les deux hommes en vinrent aux coups et, avant même qu'on le remercie de ses services, Robert Dumont offrit sa démission.

Depuis qu'il avait ouvert son agence de détectives privés, Bernier avait tout fait pour lui mettre des bâtons dans les roues.

Le second type que Robert Dumont avait détesté souverainement était le détective Robert Smith. Ambitieux, ce jeune policier surveillait continuellement ses confrères et tentait de les prendre en défaut. Il rapportait tout à Bernier.

Un jour, les détectives de l'escouade se rendirent en délégation chez leur supérieur. Il fallait absolument que Smith soit transféré dans un autre service. Bernier dut se rendre à l'exigence de ses adjoints, car la révolte grondait.

Smith fut transféré et, plus tard, on l'obligea à donner sa démission. On ne pouvait le tolérer nulle part. Mais l'agent avait appris que Robert Dumont était celui qui avait exigé son départ de l'escouade des crimes contre la personne. Il ne lui avait jamais pardonné.

Lorsque le Manchot voulut obtenir un permis pour ouvrir son agence, Smith travaillait comme enquêteur pour le gouvernement. Il fit un long rapport sur le cas de Dumont, tentant de prouver qu'un handicapé ne devrait jamais obtenir un tel permis.

Dumont prit connaissance du rapport. Smith avait même employé le mot « infirme ».

« Je me demande bien comment un type comme lui a pu se décrocher un emploi. »

Et maintenant, il était un agent du gouvernement à qui l'on confiait des missions très spéciales.

« On l'oblige à travailler seul, c'est la seule façon pour lui d'accomplir une tâche efficace. »

Le Manchot devait absolument retourner l'appel de Smith car, si c'était l'homme qu'il avait connu, ce dernier ne manquerait pas de faire un rapport contre le détective privé.

Sur la note laissée par Danielle, c'était écrit :

« Le rappeler avant onze heures de l'avant-midi. »

Le détective composa le numéro et on décrocha aussitôt.

— J'aimerais parler à l'agent spécial Robert Smith.

— C'est moi.

— Ici Robert Dumont, détective privé. Vous m'avez téléphoné, monsieur Smith ?

— Oui, j'espère que vous me reconnaissez, Dumont ; nous avons travaillé côte à côte durant quelques mois.

— Je me souviens surtout de l'agent qui a tout fait pour m'empêcher d'obtenir mon permis d'enquêteur privé.

Il y eut un court silence, puis Smith répondit :

— Ce fut une erreur de ma part. Vous avez prouvé depuis que votre infirmité ne vous causait pas d'ennuis.

— Avec ma nouvelle prothèse, Smith, je fais tout ce que je veux. Je vous défends bien de parler d'infirmité. Il vaut mieux avoir un bras coupé qu'une tête fêlée.

L'entretien débutait fort mal. Les deux hommes restaient de longs moments sans dire un seul mot.

Le Manchot s'impatienta :

— Alors, venez-en au fait, Smith, que désirez-vous ? J'ai énormément de travail et je déteste perdre mon temps.

— J'ai besoin de vos services.

Le Manchot répliqua aussitôt :

— Je suis mon propre patron, j'accepte ou je refuse les clients que je désire et tout de suite, je vous le dis, je ne suis pas intéressé à travailler pour vous.

Smith se mit en colère.

— Je puis vous y obliger, Dumont. Vous oubliez que je suis à l'emploi du gouvernement et...

— Je m'en fous. Moi, je suis entièrement libre.

— Vous refuseriez un travail de trois ou quatre jours et qui pourrait vous rapporter une somme de vingt mille dollars ? Dix mille payables immédiatement et dix mille à votre retour.

Évidemment, le salaire était intéressant, et si Smith avait recours aux services du Manchot, c'est qu'il devait être extrêmement mal pris.

— J'avoue, fit Smith, que c'est une mission qui comportera peut-être des dangers si vous ne prenez pas les précautions voulues. Il faudrait nous rencontrer, Dumont.

— Vous n'avez qu'à venir à mon bureau. Je vous repasse à ma secrétaire qui vous fixera un rendez-vous.

— Non, il n'en est pas question. Je ne dois pas me rendre à votre bureau. Il ne faut pas qu'on nous voie ensemble, autrement, tout peut être foutu. Vous connaissez le motel Lido dans l'Est de la métropole ?

— Oui.

— J'y serai à une heure exactement. Je louerai une chambre sous mon nom véritable. Je m'appelle Smith et quand je signe mon nom dans un motel, on est persuadé que ce n'est pas le mien. Surtout, Dumont, pas un mot à personne, ni à votre secrétaire, ni à vos assistants. Si le secret est bien gardé, votre mission sera un plaisir. Sinon...

Le Manchot aurait pu lui répondre qu'il avait d'autres clients à rencontrer, qu'il n'était pas à son entière disposition, mais la somme de vingt mille dollars l'intéressait. Il devait absolument se rendre au rendez-vous.

Si le détective privé avait su dans quelle galère il s'embarquait, jamais il n'aurait accepté la mission qu'allait lui confier l'agent spécial Robert Smith.

Chapitre II

DES PRÉCAUTIONS UTILES

Les deux hommes ne se serrèrent même pas la main. Smith était assis au bord du lit et il désigna le fauteuil au Manchot.

— Assoyez-vous.

Il lui tendit immédiatement une enveloppe.

— Dix mille dollars, vous pouvez compter.

Robert Dumont n'avança même pas la main pour prendre l'argent que lui tendait Smith.

— Je n'ai pas encore dit que j'acceptais de travailler pour vous.

— Ce n'est pas pour moi que vous travaillerez, Dumont, mais bien pour la commission que je dirige comme agent spécial et qui s'occupe de lutter contre le crime organisé.

Smith remit l'enveloppe sur le lit, sortit de sa serviette en cuir quelques découpures de journaux tout en demandant :

— Le nom de Luigi Romano vous dit quelque chose ?

— Romano ? Ce n'est pas le mafioso qui a été assassiné il y a quelques mois ?

— Oui. Maintenant, celui de Janine Lemay ?

— Pas du tout ; j'avoue que je n'ai pas suivi cette affaire de près. Les activités des gens du milieu ne m'intéressent guère.

— C'est ce que je croyais et c'est tant mieux.

Puis Smith expliqua :

— Un tueur à gages passera en procès dans quelques semaines. Nous avons toutes les preuves pour le faire condamner, il est l'assassin de Romano. Mais ce que nous aimerions savoir, c'est le nom de celui qui a passé la commande. Une seule personne peut nous renseigner, c'est Janine Lemay. Mais elle a fui la métropole.

Le Manchot demanda :

— Vous l'avez déjà interrogée ?

— Évidemment. Elle était la maîtresse de Romano, et nous avons toutes les raisons de croire qu'il se confiait entièrement à son amie. Mais jamais elle n'a voulu parler. Elle craignait de subir le même sort que l'homme qu'elle aimait.

Surpris, Robert Dumont demanda :

— Pourquoi ne pas l'avoir gardée en prison ?

— Sous quel chef d'accusation ? Nous n'avions absolument rien à lui reprocher, elle ne fut même pas témoin du meurtre de son amant.

Puis, il parla de l'arrestation effectuée par la police américaine.

— Il est clair que Janine ne se sent plus en sécurité. Si nous pouvions la faire comparaître au procès, nous sommes persuadés qu'elle parlerait.

Dumont ne voyait pas du tout les complications.

— Vous n'avez qu'à faire une demande officielle aux autorités américaines, et on obligera Janine Lemay à entrer au Québec.

— C'est justement ce que je veux éviter.

— Pourquoi ?

— Les journalistes sont toujours aux aguets. La nouvelle se répandrait rapidement et Janine serait éliminée sitôt qu'elle arriverait au pays.

— Allons donc, Smith, je vous croyais plus intelligent que ça. Vous n'avez qu'à dépêcher deux ou trois hommes à Pottsville et ils vous ramèneront Janine Lemay. Vous pourrez facilement la cacher d'ici le procès, quitte à l'enfermer dans une prison.

Et c'est alors que l'agent spécial dévoila le fond de sa pensée.

— Je n'ai pas confiance aux hommes qui m'entourent, je n'ai confiance en aucune autorité. Il y a des traîtres partout. La pègre a étendu ses ramifications dans tous les milieux.

Le Manchot tira un cigare de sa poche, n'en offrit pas à l'agent spécial, s'alluma puis, après avoir pris une bonne touche, il déclara d'un air cynique :

— Vous n'avez pas changé en vieillissant, Smith. Vous n'avez confiance en personne. Vous vous méfiez de vos plus proches collaborateurs. Je me demande pour quelles raisons vous avez recours à mes services.

— Parce que vous êtes le meilleur homme disponible et que je puis me fier à votre discrétion. Vous partirez pour Pottsville le plus tôt possible. Le voyage se fait en une journée, c'est à 650 kilomètres environ de la métropole. Vous pouvez revenir le lendemain si vous le désirez. Donc, deux jours seulement, et vous recevrez la jolie somme de vingt mille dollars.

— Il y a d'autres détectives privés dans la métropole.

— Je le sais, et croyez que ce n'est pas de gaieté de cœur que je vous demande votre collaboration. Je suis franc, vous ne m'avez jamais plu Dumont. Sans vous, je serais probablement devenu un des chefs de l'état-major de la police de la communauté urbaine de Montréal. Donc, je vous déteste souverainement, vous m'avez nui et je ne vous le pardonne pas ; mais vous êtes le meilleur et le seul homme disponible pour ce genre de mission.

Il jeta un coup d'œil sur sa montre.

— Ça vous intéresse ou pas ? Décidez-vous. J'ai énormément de travail, moi.

— Moi aussi. Mais il faut que j'y réfléchisse. Même si je ne suis absent que deux jours, il faut quelqu'un pour diriger l'agence.

— Beaulac est toujours avec vous, non ?

— Nous sommes débordés de travail et il travaille présentement à plusieurs enquêtes.

Smith trancha d'un ton sec.

— Si je vous paie vingt mille, c'est pas pour vos beaux yeux ni pour votre main en fer-blanc !

Le Manchot pâlit. Non seulement Smith était détestable, mais il prenait un malin plaisir à insulter son vis-à-vis.

— Donnez-moi cet argent, dit soudainement Dumont.

— Vous acceptez ? fit Smith en lui tendant l'enveloppe.

Le détective privé fit le geste de prendre l'argent de la main gauche mais sa prothèse s'abattit sur le poignet de Smith. Cette main artificielle pouvait développer plusieurs fois la force d'une main naturelle.

— Mais qu'est-ce que vous faites? Vous êtes fou, Dumont, lâchez-moi, vous me brisez le poignet.

— Si je le voulais, je vous fracasserais tous les os, j'en ferais de la bouillie. Vous sauriez alors que ma main de fer-blanc peut être dangereuse.

Dumont relâcha son étreinte. Un cercle rouge était apparu sur le poignet de l'agent spécial. Il grimaçait encore de douleur, même si le Manchot ne le tenait plus.

— Si vous m'avez brisé quelque chose, vous le paierez cher.

Le Manchot ne l'écoutait plus. Il comptait l'argent qui se trouvait dans l'enveloppe.

— Mais le compte n'y est pas! fit-il au bout de quelques instants. Il n'y a que huit mille cinq cents dollars.

— J'ai pu obtenir vingt mille des autorités et, comme tout intermédiaire, j'ai droit à ma commission de quinze pour cent.

Le Manchot se leva brusquement en lançant l'enveloppe sur le lit.

— Vous êtes un joli salaud, Smith. Vous faites de l'argent sur le dos de vos employeurs. Jamais je ne vous verserai un cent, vous entendez? Jamais!

L'agent spécial se mit à rire, mais ce rire sonnait faux.

— Je voulais me rendre compte si vous aviez changé, Dumont. Je vois que vous êtes demeuré le même homme. Je dois admettre que vous possédez certaines qualités qui me plaisent.

Il sortit un rouleau d'argent de sa poche et compta quinze billets de cent.

— Voici la balance du dix mille dollars. Prenez.

Le Manchot demanda :

— Je n'aurai plus à entrer en contact avec vous ? Je me rends à Pottsville, vous me remettrez les pièces d'identification nécessaires pour prouver que je suis bien votre représentant et je reviens au pays en ramenant la fille. Je ne recommuniquerai avec vous que lorsque nous serons de retour et que je l'aurai mise en sécurité.

— Qu'entendez-vous par là ?

— Vous ne saurez même pas où je cache la fille.

— Je vois que la confiance règne.

— Ce n'est pas vous que je crains, mais vous m'avez laissé entendre qu'il se peut qu'il y ait des traîtres parmi vos subordonnés. Si vous savez où se cache Janine Lemay, vous voudrez lui parler, on vous suivra et toutes les précautions prises se révéleront inutiles.

— Mais il faudra quand même causer avec cette fille avant le début du procès. L'avocat de la couronne devra la rencontrer.

— Je verrai moi-même l'avocat. Si Janine sait quelque chose, je la ferai parler et je dirai à l'avocat la façon dont il doit procéder, c'est aussi simple que ça. Quand pourrez-vous me remettre les pièces d'identification nécessaires ?

— J'ai tout ce qu'il faut avec moi.

— Je me rendrai là-bas avec ma voiture et...

Il arrêta le Manchot.

— Non.

Il sortit de sa poche un coupon.

— Rendez-vous à cette agence. J'ai loué une voiture, tout est payé. Voici les papiers nécessaires. Maintenant, Dumont, retenez bien une chose : personne ne doit savoir où vous vous rendez, absolument personne, vous entendez ?

— Mais il faut que je veille à l'organisation de mon agence !

Smith répliqua aussitôt :

— Ne me faites pas croire que vous ne vous êtes jamais absenté pour deux ou trois jours. Vous pouvez avoir un client important à rencontrer à l'extérieur de la ville.

— J'ai confiance en mes employés.

— Je n'en doute aucunement, mais une seule indiscrétion pourrait tout compromettre.

Il sortit de sa serviette des cartes routières de la région.

— La route la plus rapide pour vous rendre là, c'est par les Mille-Îles ; vous traversez la frontière puis vous filez sur la route 81 jusqu'à Pottsville. Pour revenir, vous pouvez employer une autre route. Je laisse ça à votre discrétion.

Enfin, il lui remit une carte.

— Ce numéro de téléphone est secret. Si je suis absent, vous pouvez laisser un message ; il y a un répondeur automatique. Personne ne sait où est située la chambre que j'ai retenue, je n'y vais qu'une fois par jour pour prendre note de mes appels. Par contre, il m'arrive souvent de travailler à cet appartement entre quatre heures et sept heures du matin. Si vous appelez à cette heure-là, vous pourrez me rejoindre.

Le Manchot demanda :

— Pour quelles raisons vous appellerais-je ?

— Si vous avez des ennuis, on ne sait jamais.

— Je trouve que vous prenez beaucoup trop de précautions.

— Et j'aimerais en prendre plus que ça. Par exemple, étudiez ces cartes et vous m'indiquerez votre chemin de retour. Je pourrai alors, sans leur dire pourquoi, placer des hommes sur ces routes et ils pourront intervenir rapidement si jamais vous êtes dans l'embarras.

Il lui remit une seconde carte.

— Si c'est très urgent, si vous ne pouvez entrer en communication avec moi, vous pourrez appeler mon avocat. C'est le seul homme au Québec, à part moi, qui saura que vous êtes envoyé aux États-Unis pour ramener cette fille.

— Et si elle ne voulait pas me suivre ?

— Obligez-la. Faites-lui comprendre que nous pourrions faire agir la justice mais que, pour elle, les dangers seraient plus nombreux. Quand nous reverrons-nous ?

Le Manchot demanda, surpris :

— Pourquoi nous revoir ? Il semble que j'aie tout ce qu'il faut.

— Le chemin de retour.

— Je ne vois pas la nécessité de vous révéler ma route. Si jamais je change d'avis, j'entrerai en communication avec vous.

Quelques minutes plus tard, les deux hommes se séparaient, mais toujours sans se serrer la main. Smith détestait le Manchot mais, par contre, il savait qu'il était l'homme qui pouvait mener à bien cette mission difficile.

Sitôt le Manchot parti, Smith décrocha le téléphone et composa un numéro.

— C'est toi, chérie?... Si tu es libre, je puis passer te voir... oui, je l'ai rencontré. Il ne pouvait pas refuser...

Et, après quelques secondes, il ajoutait :

— Selon moi, il n'y a pas beaucoup de risques. Nous ne sommes que trois au courant. Toi, mon avocat et moi. Et puis, je préfère que ce soit Dumont qui coure les dangers. Si jamais il lui arrive quelque chose, ça fera un privé de moins, et je n'aurai pas perdu un de mes hommes. Je te conterai tout ça dans quelques minutes. Je serai à ton appartement dans le temps de le dire.

Et il raccrocha.

Quant au Manchot, il était retourné à son agence. Il ordonna à la jolie Danielle :

— Sitôt que Michel entrera ou encore s'il appelle, dites-lui que je veux le voir le plus tôt possible. Ne prenez pas de rendez-vous pour moi au cours des trois ou quatre prochains jours. Je dois m'absenter. Un client très important à rencontrer.

Il entra dans son bureau et mit de l'ordre dans les affaires les plus urgentes. Soudain, Danielle l'appela :

— Un homme désire vous parler. Il refuse de se nommer. Il dit que c'est extrêmement important. Il insiste.

Le détective détestait ce genre d'appels. Mais souvent, des clients importants désiraient garder l'anonymat et refusaient de donner leurs noms à la secrétaire.

— Merci, je vais le prendre, répondit le Manchot en décrochant le récepteur de son appareil.

Aussitôt il s'identifia :

— Ici Robert Dumont.

— Écoute bien, Dumont. Tu fais mieux de pas bouger de Montréal et de laisser la fille Lemay tranquille.

La voix était rauque et on parlait très bas. Le Manchot avait de la difficulté à comprendre. Sûrement que son interlocuteur ne voulait pas se faire reconnaître.

— Je regrette, répondit le détective, mais je ne reçois d'ordre de personne, surtout pas de quelqu'un qui ne s'identifie pas.

— C'est pour ton bien que je t'appelle. Si tu vas chercher la fille, aussi bien signer ton arrêt de mort. Jamais tu ne reviendras au Québec avec elle. Tu seras responsable de sa mort. C'est vrai que ça ne te dérangera pas, puisque toi aussi tu passeras de l'autre côté. Si tu veux un conseil d'ami, laisse la fille Lemay où elle est et il n'arrivera rien, ni à elle, ni à toi. C'est le premier et le dernier avertissement.

Et on raccrocha.

Robert Dumont aurait pu, en appuyant sur un bouton, demander à Danielle de chercher à retracer l'appel en se servant d'un second appareil. Mais il savait que c'était inutile. Celui qui lui avait téléphoné n'était pas un enfant d'école. Il avait dû appeler d'une boîte téléphonique et de toute façon il n'avait pas parlé suffisamment longuement pour permettre des recherches.

« Et Smith qui m'assurait que personne n'était au courant. Déjà ceux qui veulent empêcher Janine Lemay d'entrer au Canada savent qu'elle est aux mains des autorités américaines et que c'est Smith qui s'occupe de l'affaire. On a dû le suivre et quand nous nous sommes rencontrés, on en a rapidement tiré les conclusions. »

Le Manchot avait eu l'idée de ne pas prévenir l'agent spécial de l'heure de son départ et, surtout, de la route qu'il emprunterait pour revenir au Québec.

Maintenant, il lui fallait absolument changer son fusil d'épaule. Il aurait sûrement besoin de l'aide des agents de Smith.

Et tout de suite il déplia la carte routière que lui avait remise l'agent spécial et commença à étudier l'itinéraire.

Cette mission s'annonçait beaucoup plus difficile qu'il ne le croyait au début. Ce n'était pas

34

pour rien qu'on lui offrait une telle somme et qu'on prenait de si nombreuses précautions.

Un contrat avait été passé sur la vie de Janine Lemay, si jamais elle tentait de revenir au Québec.

« Et ce contrat a dû être donné à plusieurs. Celui qui réussira à la descendre recevra la récompense. Vu que je l'accompagnerai, je courrai exactement les mêmes risques qu'elle. »

Chapitre III

UN TÉMOIN RÉCALCITRANT

Le Manchot avait prévenu Candy et Michel qu'il serait absent durant quelques jours, refusant toutefois de donner des détails sur son voyage.

— J'ai quelqu'un à rencontrer, un personnage important et, pour le moment, je préfère ne pas en dire plus. Si tout ne va pas comme je le souhaite, je serai le seul à le regretter.

Après avoir quitté son bureau, il se rendit à son appartement préparer sa valise.

Il appela au bureau de location où Smith lui avait retenu une voiture. Il n'avait qu'à se présenter, une grosse automobile sport de marque Corvette l'attendait.

Il étudia de nouveau sa carte routière et traça définitivement son chemin de retour, qui passerait surtout par des routes peu fréquentées. Il allait se coucher tôt. Le lendemain matin, de bonne heure, il tenterait de joindre Smith pour lui faire part de son plan, puis il ferait route vers les États-Unis.

Dans une valise spéciale, le Manchot plaça son crochet en métal qui pouvait remplacer sa prothèse puis il y mit également une seconde prothèse, presque en tout point semblable à celle qu'il portait déjà. Il avait fait fabriquer cette prothèse tout dernièrement et selon des directives spécifiques. À l'intérieur de cette prothèse, il pouvait

36

dissimuler un revolver miniature et tirer sans avoir à déplacer sa main artificielle. La balle sortait par un orifice situé entre le pouce et l'index. Ainsi, si on le désarmait, en levant légèrement son bras gauche, il pouvait tirer sur ses adversaires.

Robert Dumont n'avait mis personne au courant de l'achat de cette nouvelle prothèse, qui lui avait coûté une petite fortune. Il allait peut-être la mettre à l'essai, pour la première fois, lors de ce voyage.

C'est à cinq heures du matin qu'il appela à l'appartement de Smith. Ce fut une voix de femme qui répondit.

— Un instant, je vous le passe.

Smith avait la voix encore tout éraillée.

— Ici Dumont, je croyais que personne n'était au courant de cet appartement secret ?

— Ça ne vous regarde pas, Dumont. Alors, quand partez-vous ?

— Aujourd'hui. Je vous appelle au sujet de mon itinéraire de retour.

— Postez-moi le tout immédiatement.

Il donna le numéro d'un casier postal.

— Je recevrai votre lettre dès demain et j'assurerai votre protection.

— Si je devine bien, une femme est maintenant au courant du but de mon voyage puisque vous parlez devant elle, sans aucune crainte.

— Elle ne sait rien. Je ne suis pas un imbécile.

Smith lui mentait, c'était sûr, et, pendant une seconde, le Manchot faillit tout laisser tomber.

Cependant, la somme était intéressante. Cet argent servirait à payer cette fameuse prothèse qu'il s'était procurée.

— Si tout va bien, je communiquerai avec vous, à mon retour.

Et il raccrocha. Une demi-heure plus tard, un taxi venait le prendre et il se faisait conduire au bureau de location, où il entrait en possession de la magnifique auto sport, une automobile puissante qui pourrait lui permettre de filer à une grande vitesse.

Il se mit immédiatement en route, ne s'arrêtant qu'aux Mille-Îles avant de traverser la frontière séparant le Canada des États-Unis. Il avala deux cafés puis reprit immédiatement le chemin.

L'autoroute 81, qui conduit jusqu'à Washington, n'est jamais extrêmement achalandée. On y rencontre surtout de gros camions de transport, les touristes préférant emprunter l'autoroute 87 qui relie directement New York à Montréal et qui est une route beaucoup moins montagneuse.

À midi, il arrêta pour manger dans un restaurant fréquenté par les routiers, se reposa environ une heure puis reprit la route. Si tout allait bien, il serait à Pottsville aux environs de trois heures de l'après-midi.

Le voyage s'accomplit sans aucun incident et, à trois heures trente, il se présentait au quartier général de la police de Pottsville, tenant à la main la mallette contenant sa nouvelle prothèse. Cette valise ne le quittait plus.

— J'aimerais voir le sergent-détective William Blake.

— Deuxième étage, lui répondit-on.

Blake était absent de son bureau mais on prévint le Manchot qu'on l'attendait d'un instant à l'autre. Sitôt que l'officier de police arriva, le détective privé lui tendit ses pièces d'identité.

— Nous avons gardé mademoiselle Lemay en cellule. Mais nous commençions à trouver le temps long. Quelques-uns de ses amis ont engagé un avocat, et ce dernier remue ciel et terre pour qu'on la libère ou qu'on porte des accusations contre elle.

— Sait-elle qu'on doit la ramener au Canada?

— Non. Elle se demande ce qui se passe. Possible qu'elle se doute de quelque chose.

— Je puis la voir?

— Certainement. Vous allez m'accompagner, nous allons prendre ma voiture.

— J'ai garé ma Corvette dans le terrain de stationnement. J'espère qu'elle ne dérange pas?

— Ce terrain est réservé aux policiers, mais je vais donner des ordres pour qu'on ne déplace pas votre voiture.

Quelques minutes plus tard, les deux hommes arrivaient à la prison des femmes. Immédiatement, Blake donna des ordres et on conduisit Robert Dumont aux cellules.

— Sitôt l'entrevue terminée, vous me téléphonerez et j'enverrai un de mes hommes vous chercher. Ensuite, nous discuterons de votre retour.

— Entendu.

La matrone expliqua à Robert Dumont qu'on ne laissait jamais Janine Lemay sortir de sa cellule.

— Vous causerez avec elle dans sa cellule et non au parloir. Quand vous aurez terminé, vous n'aurez qu'à appeler le gardien.

Lorsqu'on arriva à la cellule occupée par Janine Lemay, le détective aperçut une fille, assise sur un banc, la tête tournée contre le mur.

— Janine Lemay, fit la matrone, un visiteur pour vous.

Elle se retourna. Janine Lemay pouvait avoir trente ans. Ses cheveux étaient blonds, elle était mal coiffée et portait une petite robe grise, trop grande pour elle, sans doute le costume des détenues. Elle n'était sûrement pas à son avantage et, pourtant, le Manchot la trouva très jolie.

La matrone ouvrit la porte de la cellule, le Manchot entra et il entendit la serrure de métal jouer derrière lui. La matrone s'éloigna aussitôt.

— Qu'est-ce que vous me voulez? demanda Janine en langue anglaise.

— Nous pouvons parler en français, fit le Manchot en s'assoyant au bout du grabat qui servait de lit à la détenue. Mon nom est Robert Dumont, je suis de Montréal, on m'appelle le Manchot, je suis détective privé.

Elle n'eut aucune réaction. Elle ne devait jamais avoir entendu parler de Robert Dumont. Elle tenait les yeux baissés.

— Qu'est-ce que vous me voulez?

— Vous ramener à Montréal.

Cette fois, elle bondit, se leva et s'approcha du détective.

— Jamais, vous entendez, jamais je ne retournerai au Québec. J'ai tenté de tuer un officier de police, ici, je dois passer en procès et je vais plaider coupable. On doit me condamner.

Calmement, le Manchot reprit :

— Vous savez aussi bien que moi que si les autorités canadiennes le désirent, elles peuvent vous faire déporter. Pour le moment, il n'en est pas question. Je vous demande tout simplement de m'accompagner. Nous ferons le voyage de retour ensemble. Une fois au Québec, j'assurerai votre protection jusqu'au procès de l'homme qui a tué votre amant, Luigi Romano.

— Pourquoi ? On veut me faire témoigner au procès ? Je n'ai absolument rien à dire. Un policier m'a déjà interrogée. Je ne sais rien sur la mort de Luigi.

— Alors, pourquoi vous êtes-vous cachée aux États-Unis ? Pourquoi vous sauver ? Pourquoi vouloir absolument vous faire condamner ici ?

— Je ne veux pas retourner au Québec, c'est aussi simple que ça. Je veux que l'on m'oublie. Je veux refaire ma vie.

Le Manchot ricana :

— Une curieuse façon de recommencer une vie, se faire condamner à la prison.

Il se leva à son tour et fit face à la jeune fille.

— Avouez donc que vous en savez long sur la mort de votre amant. Vous connaissez les véri-

41

tables responsables et vous craignez de subir le même sort que Romano !

Elle se retourna brusquement, s'accrocha aux barreaux de sa cellule et cria de toutes ses forces.

— Gardien Gardien !

— Qu'est-ce qui vous prend ? demanda le Manchot.

— Je veux que vous partiez et tout de suite. Je ne veux voir personne, personne.

Un homme en uniforme apparut.

— Qu'est-ce qui se passe ?

— Faites sortir monsieur immédiatement.

Le gardien hésita :

— Je regrette, répondit-il en anglais, mais j'ai reçu des ordres précis. Je n'ouvrirai les portes de cette cellule que lorsque monsieur me le dira.

— Je veux voir un avocat, vous entendez ? J'ai le droit de voir un avocat.

Mais déjà, le gardien s'était éloigné. Enragée, Janine Lemay fit une véritable crise. Elle se tira les cheveux, chercha à frapper le Manchot puis, comme une désespérée qui veut en finir avec la vie, elle prit son élan pour se projeter la tête contre le mur.

Mais le détective l'arrêta juste à temps et la prit dans ses bras. Tous les deux étaient debout, au centre de la petite cellule. Soudain, les nerfs de la jeune fille craquèrent. Sa tête s'appuya sur l'épaule du Manchot et elle se mit à sangloter.

— Allons, allons, calmez-vous. Venez vous asseoir.

Il la soutint jusqu'au grabat, prit place à ses côtés et continua à la tenir dans ses bras puissants.

— Il faut me faire confiance, mademoiselle Lemay. Au Québec, on sait que vous êtes ici. On vous rejoindra, on tentera de vous éliminer. Personne ne sait que je suis venu vous chercher. Nous pourrons faire le voyage sans encombre. Une fois arrivés, je ne dirai à personne où je vous cacherai, jusqu'au procès.

Elle releva brusquement la tête :

— Combien de fois devrai-je vous répéter que je ne sais rien sur la mort de Luigi, que je ne connais pas les coupables !

Le Manchot adopta une autre tactique :

— Mais vous aimeriez qu'ils soient démasqués ? Vous seriez contente si vous pouviez venger votre ami ?

— Comment une femme comme moi peut-elle s'attaquer à la pègre ? murmura-t-elle avec des sanglots dans la voix.

— Vous seule, non, c'est impossible, mais nous deux, nous le pouvons. J'ai de nombreux collaborateurs, ils seront là pour nous aider. Vous ne savez rien. Moi, je vous crois, mais celui qui a organisé la disparition de Luigi Romano est persuadé que vous pouvez l'envoyer à l'ombre pour la vie. Au lieu de rester ici, enfermée, vous pourriez servir d'appât.

Le Manchot alla encore plus loin :

— Peut-être y laisserez-vous la vie. C'est possible, mais vous serez vengée, vous et Romano, ça, je vous en fais la promesse. Et rien ne dit qu'ils parviendront à leurs fins. Nous vous surveillerons nuit et jour.

Elle avait cessé de pleurer.

— Comment allons-nous retourner au Québec ?

— Dans ma voiture ; nous serons seuls, tous les deux. Personne ne connaît l'itinéraire que j'ai tracé. Je vous le répète, il n'y a aucune crainte à avoir.

— Vous ne les connaissez pas !

Le détective esquissa un sourire :

— Oh si, je les connais. Au cours de ma longue carrière, j'ai eu bien des démêlés avec des chefs du milieu et je n'ai jamais reculé ; et de plus... je suis toujours vivant.

Enfin la jeune femme prit sa décision :

— Vous avez raison ; si je reste ici, ils finiront par me rejoindre. Aussi bien risquer le coup.

— Bravo !

— Un instant, fit-elle en l'interrompant brusquement. J'ai souvent vu votre photo dans les journaux. Vous ressemblez à Robert Dumont, c'est vrai. Mais des papiers d'identification, ça se fabrique facilement. Je veux voir votre prothèse. J'ai lu des articles sur cet appareil. Je veux savoir si vous êtes le véritable Manchot.

Le détective se fit un plaisir d'enlever son bras artificiel, de le montrer à Janine et d'en expliquer le fonctionnement. Ce court intermède allégea l'atmosphère.

— Quand partirons-nous ?

— Pas avant demain. Il est plus de 4 heures.

— Je vais rester ici ?

44

— Non. Si on vous surveille, si on sait que je suis à Pottsville, on pourrait chercher à vous éliminer immédiatement. Je vais communiquer avec le sergent-détective Blake. Il enverra un de ses hommes nous chercher. Nous allons nous rendre à la centrale de police et là, le sergent nous trouvera un endroit où passer la nuit ; demain nous nous mettrons en route.

Maintenant qu'elle s'était calmée, Janine reprenait la situation en main et c'était une femme qui savait prendre des décisions et les imposer.

— Non, je ne fais confiance à personne. Demandez à ce sergent de faire conduire votre voiture ici ; qu'on laisse les clefs à l'intérieur. Je sortirai par une porte arrière et je grimperai rapidement dans votre voiture. Lorsque nous serons assurés que personne ne nous suit, je vous indiquerai un motel que je connais et où nous ne courons aucun risque.

L'idée de la jeune fille était bonne et, surtout, le Manchot ne voulait pas qu'elle revienne sur sa décision. Il appela le gardien, sortit de la cellule et se rendit à un bureau qu'on mit à sa disposition. Il téléphona au sergent-détective Blake.

— Vous n'avez pas confiance en moi ? demanda le policier américain en apprenant la décision prise par le Manchot.

— Si, mais je veux être, à compter de la sortie de Janine Lemay de cette prison, le seul et unique responsable de tout ce qui arrivera.

Le sergent donna des ordres à la directrice pour qu'on obéisse au Manchot. De plus, on fournirait des vêtements et un grand manteau noir avec un capuchon pour cacher Janine le mieux possible et c'est par une sortie d'urgence qu'elle quitterait la prison.

Une fois les ordres transmis à la directrice, Blake raccrocha et appela un de ses agents.

— Tiens, prends ces clefs et saute au volant de la Corvette qui est stationnée sur notre terrain. Elle possède des plaques d'immatriculation du Québec. Va la conduire à la prison des femmes. Laisse-la sur le terrain réservé aux visiteurs et place les clefs sous la banquette avant. Une voiture de patrouille te suivra pour te ramener ici.

— Bien, sergent.

— Attends deux minutes avant de sortir du terrain pour que je prévienne la voiture de patrouille.

Avant de franchir la porte, le policier se retourna :

— À qui appartient cette voiture et pourquoi tout ce mystère ?

— Je déteste les agents qui posent trop de questions.

Le jeune policier sortit rapidement. Il n'eut aucune difficulté à trouver la voiture du Manchot stationnée à l'extrémité droite du terrain. Il s'assit au volant, attendit environ deux minutes et une voiture de patrouille passa devant la Corvette, klaxonnant à deux reprises. Le policier comprit le signal. Il inséra la clef de contact dans la serrure et tourna.

Une formidable explosion secoua les murs de tous les édifices environnants. La voiture fut réduite en poussière et le corps du jeune policier complètement déchiqueté.

Si le Manchot avait suivi le plan de Blake, s'il s'était rendu à la centrale en compagnie de Janine Lemay pour ensuite prendre place dans sa Corvette avec son témoin, c'en était fait de la jeune fille et la carrière de Robert Dumont aurait pris fin brutalement.

Chapitre IV

LA MARIÉE A SOIF D'AMOUR

La directrice de la prison des femmes vint prévenir le Manchot.

— Le sergent-détective Blake désire vous parler, c'est très urgent.

Le Manchot retourna dans le bureau que l'on avait mis à sa disposition quelques minutes auparavant.

On imagine sa surprise quand Blake lui apprit la terrible nouvelle.

— Je vous remercie de m'avoir prévenu, fit calmement le Manchot. Je vais agir en conséquence.

— Que comptez-vous faire ?

— Puisque vous avez ordonné à la directrice de me confier Janine Lemay, le reste ne regarde que moi ; je m'excuse beaucoup, sergent...

— À votre aise, Dumont. J'aurais voulu vous accorder une certaine protection...

— Je n'en ai pas besoin.

— Vous comptez repartir demain pour Montréal ?

— Je l'ignore et, même si je le savais, je ne vous en dirais rien. Excusez-moi, j'ai beaucoup de travail.

Il raccrocha et se retourna vers la directrice, qui était demeurée dans la porte.

— Dites à mademoiselle Lemay que je suis retardé pour quelques minutes. Des précautions à prendre.

Il sortit de la prison des femmes, marcha durant de longues minutes afin de s'assurer qu'il n'était pas suivi, puis héla un taxi.

À cinq heures, il était de retour à la prison, une grosse boîte sous le bras.

— Faites venir mademoiselle Lemay ici, dit-il à la directrice. Ensuite, vous me laisserez sortir de la prison. Je serai accompagné de quelqu'un, je ne veux aucune question. Vous avez reçu les directives du sergent, vous devez m'obéir.

— Entendu, monsieur Dumont.

Bientôt un gardien amena Janine Lemay. Le Manchot ferma lui-même la porte du petit bureau et l'ouvrit quelques secondes plus tard. Personne n'était dans le corridor.

— Surtout, ne parlez pas, dit-il à voix basse. J'ai changé mes plans. J'ai suivi vos conseils.

Tout en parlant, il ouvrit la boîte et en sortit des vêtements d'homme.

— Je ne fais confiance à personne. J'espère que ça vous ira. Vous allez mettre ces vêtements immédiatement.

— Des vêtements d'homme ?

— Oui, vous avez là une paire d'espadrilles. J'ai pris des sept.

— Ce sera un peu grand mais...

— Aucune importance. Allons, habillez-vous et ne vous en faites pas, j'ai déjà vu des femmes à demi nues.

Elle enfila rapidement les pantalons. Ils étaient un peu courts. Elle retira sa robe puis son soutien-gorge. Le détective ne put s'empêcher de constater qu'elle était fort bien tournée. Elle avait des seins volumineux mais très fermes.

— Vous n'avez pas peur qu'on voie que je suis une femme ?

— J'y ai pensé, la chemise est grande et vous avez un vieux veston.

Lorsqu'elle eut mis la chemise et le veston, le Manchot la regarda :

— Parfait. Maintenant, les bas et les espadrilles.

Il passa derrière elle, lui releva les cheveux, les fixa sur le dessus avec des attaches spéciales puis lui mit une casquette sur la tête.

Janine se leva. On aurait dit un jeune garçon.

— Maintenant, le maquillage.

Avec un crayon et du fond de teint, il lui dessina des favoris, lui colla une fine moustache et épaissit ses sourcils.

— Maintenant, un peu de noir dans la figure, surtout sur le menton... voilà. Vous avez l'air d'un jeune homme qui a oublié de se raser depuis deux jours. Salissez vos mains avec ce crayon noir.

Elle obéissait sans maugréer.

— Nous allons sortir par la porte de devant. Marchez d'un pas saccadé, comme un homme, en évitant de rouler les hanches.

Janine s'approcha de la boîte.

— Qu'est-ce qu'il y a encore là-dedans ?

— Des vêtements de femme et une perruque. Vous pourrez vous changer plus tard. Nous nous ferons passer pour des époux.

Le Manchot referma la boîte, la mit sous son bras et ils sortirent du bureau. Un homme montait la garde devant la porte menant à la sortie principale.

Lorsqu'il reconnut le Manchot, il ne posa aucune question et le laissa sortir avec son « jeune compagnon ».

Le Manchot marchait d'un pas rapide. Se tenant le corps très droit, Janine le suivait.

— Où va-t-on comme ça ?

— Ne vous en faites pas.

La marche dura une dizaine de minutes.

— On joue au fou, ou quoi ? C'est la deuxième fois que nous passons dans cette rue.

— Je veux m'assurer que nous n'avons pas été suivis. La route est claire. Venez.

Au coin d'une rue, à quelques milliers de pieds de la prison, un taxi attendait. Le Manchot avait remis un billet de 20 $ au chauffeur, tout en prenant la précaution de noter, devant lui, son nom et le numéro d'immatriculation de sa voiture.

Le détective ouvrit la portière arrière, fit monter Janine et grimpa à son tour sur la banquette. Puis il demanda au chauffeur :

— Vous connaissez un endroit où l'on peut acheter de bonnes voitures d'occasion ?

— J'en connais plusieurs.

— Je veux que le tout se fasse très rapidement,

sans qu'on ne me pose trop de questions. Vous devinez ce que je veux dire ?

Le chauffeur lui lança un clin d'œil.

— Compris... si vous me donnez une récompense, je trouverai le vendeur qu'il vous faut.

Le Manchot laissa tomber un billet de 20 sur le siège avant.

— On peut pas dire que vous soyez généreux.

— Tenez, voilà un dix de plus, mais c'est suffisant. Allez-y.

Le chauffeur mit la voiture en marche. À plusieurs reprises, le Manchot se retourna pour regarder par la vitre arrière.

— Vous craignez qu'on nous suive ? demanda le chauffeur.

— Je prends toutes les précautions.

— Ne vous inquiétez pas, j'avais tout deviné. Personne ne nous a suivis, je puis vous l'assurer.

Bientôt il arrêta son taxi devant un terrain où on démolissait des voitures. C'était un champ de ferraille.

— Attendez-moi ici, fit le chauffeur.

Il se dirigea vers une petite cabane érigée au centre du terrain. Il causa durant de longues minutes, puis revint vers sa voiture.

— Allez trouver Gerry, j'espère qu'il pourra s'entendre avec vous. Quant à toi, le jeune, reste ici, sur le bord de la route. Gerry ne discute jamais devant des témoins.

Le Manchot et Janine descendirent. Le chauffeur monta derrière son volant et leur fit un signe de la main.

— Salut, bonne chance.

— Ne bougez pas d'ici, dit Dumont à Janine, en se dirigeant vers la cabane.

La fille se promenait le long de la route, s'amusant, tel un gamin, à donner des coups de pied sur des cailloux.

— C'est vous Gerry? demanda le Manchot à l'homme qui ouvrit.

— C'est moi.

Gerry était un Noir, un colosse d'homme.

— Paraît que t'as besoin d'une voiture pour faire évader quelqu'un? Pour faire sortir une personne de la ville? demanda-t-il d'une voix rauque.

— C'est ça.

— Qui me prouve que tu n'es pas de la police? Moi, j'ai des amis, mais je ne suis pas dans le commerce.

— Tu lis le français?

— Non.

Quand même, le Manchot sortit ses papiers d'identité. Il expliqua qu'il était détective privé, en mission spéciale, qu'il avait besoin d'une automobile pour entrer au Canada, qu'il ne voulait pas devoir passer par un bureau d'immatriculation.

— Ça va coûter cher.

— Je n'ai pas tout le comptant nécessaire sur moi, mais je possède une carte de crédit et ça vous permettra de vérifier mon identité.

Gerry jeta un coup d'œil sur la carte.

— Tu retournes au Québec? Il te faudrait des plaques de cette province. Ça coûte plus cher.

— La voiture?

— Pas moins de cinq mille et il faut que je communique avec un ami. C'est cinq cents dollars de plus pour les plaques et le certificat d'immatriculation. Tu pourras pas avoir la voiture avant huit ou neuf heures.

— C'est très urgent.

— Tu veux être arrêté en partant d'ici? fit le colosse. Je dois prendre toutes les précautions. Reviens plus tard et tu me laisses ta carte de crédit.

Le Manchot protesta :

— Impossible, je ne puis me promener nulle part en ville. On peut nous rechercher, moi et mon jeune ami.

Le colosse se leva.

— Tu m'as l'air d'un gars correct. Je vais vous enfermer dans une vieille auto en démolition, toi et ton chum. Bougez pas de là. Quand Gerry s'occupe de quelque chose, ça marche... ou ça casse. Ceux qui m'ont joué de mauvais tours ne sont plus là pour en parler. D'accord?

Il tendit la main au Manchot.

— Excuse, mais j'ai une blessure à la main droite, fit le détective en avançant sa prothèse.

Le Noir tendit sa main gauche. Le Manchot appliqua une légère pression et le colosse grimaça.

— Tu as de la poigne!

— C'est ce qu'on dit.

— Fais signe à ton chum de nous rejoindre.

Bientôt, le gros Noir les enferma tous les deux dans une automobile prête à être démolie et il partit aussitôt dans une voiture après avoir fermé à clef la porte de sa cabane.

— Tu lui fais confiance? demanda Janine.

— Pourquoi pas? Ce type ne nous connaît pas, il veut faire un coup d'argent. Vous avez peur de lui?

De son air gamin, la jolie fille déclara :

— Écoute, on fait mieux de s'habituer à se tutoyer, surtout si on doit passer pour mari et femme, tu penses pas?

— Un couple en voyage de noces, ajouta le Manchot en riant.

Elle demanda d'un air malicieux :

— Ça veut dire que tu veux faire l'amour?

— Il n'en est pas question.

— Pourquoi? Je te déplais? J'suis pas une fille à tout le monde comme on a pu te le laisser croire. Toi, tu me plais... et puis, ça fait des semaines que je vis seule. Je trouve le temps très long. J'suis pas habituée à ça, mon cher mari.

Elle se mit à rire, tout en glissant ses bras autour du cou du Manchot. Ce dernier n'hésita aucunement et l'embrassa longuement.

— Dis donc, t'es un expert. Le voyage sera plus agréable que je pensais.

Le Manchot se dégagea :

— Et maintenant, si tu me disais tout ce que tu sais sur la mort de Romano.

— Maudit! Combien de fois dois-je te le répéter? Je ne sais rien... rien...

Et elle épela lentement ce dernier mot, appuyant sur chacune des lettres.

— Bon, bon, ne te fâche pas.

— Si, moi, je te demandais pour quelles raisons toute cette comédie ? Tu avais pourtant un plan de dressé !

— Le sergent Blake m'a prévenu que ma voiture était surveillée. Je n'ai plus rien, plus de vêtements de rechange, plus d'itinéraire. Faudra se procurer des cartes routières. Tout ce que je possédais est resté au poste, à l'exception de cette mallette contenant une prothèse de rechange.

Le Manchot jugea plus prudent de ne pas lui avouer qu'ils auraient pu être réduits en bouillie pour les chats sans l'intervention du hasard.

— Je commence à avoir faim, moi. Si au moins on avait suffisamment de place, ici, pour faire l'amour, ça passerait le temps.

— Ce n'est pas un voyage de plaisir que nous faisons Janine, faut vous enlever ça de la tête. Si vous me parliez un peu de Romano, de votre rencontre avec lui, de ses amis... Ça pourrait peut-être m'éclairer.

Elle hésitait. On voyait que la confiance ne régnait pas entièrement.

— Tu pourrais te servir de ça contre moi.

Brusquement, Robert Dumont prit une décision.

— Pour te prouver que je ne veux que ton bien, je vais te dire toute la vérité. Ensuite, tu constateras que tu fais mieux de m'obéir et de collaborer.

Il lui fit part de l'explosion qui aurait pu leur coûter la vie à tous les deux.

— Donc, on sait que tu es venu me chercher ?

— Il y a des membres de la mafia dans la police de Pottsville, j'en suis persuadé, répliqua le Manchot.

Elle éclata de rire.

— Ça, je puis te l'assurer. Les patrons du club où je travaillais doivent payer pour leur protection toutes les semaines. Mais c'est comme ça partout.

Et, enfin, elle raconta tout ce qu'elle savait sur Romano. Elle mentait ou bien le mafioso ne la mettait pas au courant de ses combines.

— Chaque fois qu'il recevait des amis à la maison, il m'obligeait à sortir et son chauffeur ne me quittait pas.

Environ une heure plus tard, le Manchot vit deux voitures s'arrêter non loin de la cabane. Le Noir descendit d'une des voitures et vint les tirer de leur cachette.

— Ça n'a pas été trop long ?

— On commençait à devenir ankylosés, répliqua le détective.

En revenant vers la cabine, Gerry expliqua de sa voix grave :

— J'ai appelé au Québec, j'y ai des amis. T'es O.K., on me l'a assuré. Viens au bureau, tu vas signer les papiers pour ta carte de crédit. Ça va te coûter sept mille en tout, mais t'as une voiture puissante. Elle n'est pas neuve, mais tu peux facilement faire du cent à l'heure avec ça.

L'autre type, celui qui avait conduit la voiture qu'on vendait au Manchot, s'était installé au volant de l'automobile de Gerry et il attendait.

— Le moteur a été renforcé. Tu as des plaques du Québec. Le certificat d'immatriculation est à ton nom et j'ai pensé que tu pouvais avoir besoin de cartes routières. Je les ai mises dans le « coffre à gants ».

Il ouvrit la portière et, avec un rire guttural, il fit signe à Janine.

— Toi, le kid, monte. Je sais que t'es muet, mais pas sourd. Et attache ton veston, on devine tes seins !

Il poussa Janine à l'intérieur en lui donnant une bonne claque sur les fesses puis, en riant, il se dirigea vers la cabane, suivi du Manchot.

— Tu signes ici. Sept mille dollars. Si on te questionne, tu as volé cette voiture au Québec, c'est aussi simple que ça. Je te conseille de m'oublier, car moi j'ai une maudite bonne mémoire pour les gars qui se souviennent de trop de choses.

Il lui remit les papiers. Le Manchot ne put que murmurer :

— J'admire votre organisation.

— On a fait ça rapidement. J'ai appris par la radio qu'une voiture avait explosé près de la centrale de police et que cette voiture appartenait à un détective privé de Montréal. C'est toi ?

— Je ne réponds jamais aux questions indiscrètes.

Le gros Noir éclata de rire.

— Tu me plais. Si jamais tu passes par Pottsville et que t'as besoin d'aide, demande à voir Gerry.

Il lui tendit les clefs de la voiture. Le Manchot avait pris le tout de sa main droite.

— Je sais que t'es manchot et que t'as une prothèse spéciale. Tu vois que les renseignements, on les apprend vite ici.

— Tes amis t'ont dit pourquoi je suis venu?

— Non, mais ils m'ont assuré que je pouvais te faire confiance, c'est suffisant.

Les deux hommes se donnèrent une cordiale poignée de main et le Manchot alla s'installer au volant de la voiture grise de marque Buick, une automobile du début des années 1980.

Il mit le moteur en marche, s'engagea sur la route et appuya à fond sur l'accélérateur. La voiture bondit, tel un véritable tigre.

— T'es fou, on va se faire arrêter.

— Je voulais simplement vérifier s'il m'avait dit la vérité, dit le Manchot. Tu connais la région? Comment peut-on sortir de la ville?

Janine lui indiqua le chemin. Mais le Manchot s'arrêta bientôt sur une petite route menant vers une région montagneuse.

— Qu'est-ce qu'on fait?

Sans répondre à la question de la fille, il ouvrit le « coffre à gants » et sortit les cartes routières.

— Nous allons filer en direction du sud pour le moment. Il est 7½ heures et je sais que les magasins sont ouverts le soir ici. Nous arrêterons dans une heure. Je dois m'acheter quelques vêtements. Glisse-toi sur le siège arrière et mets tes vêtements de femme.

Mais Janine n'était pas d'accord.

— Plusieurs personnes me connaissent ici, à Pottsville, et même avec une perruque, ce serait un risque inutile.

On fila en direction du sud sur la route 81. À une dizaine de milles de Pottsville, le Manchot pénétra sur le terrain d'un centre d'achat et stationna sa voiture.

— Il vaudrait mieux que j'aille m'acheter des vêtements de rechange avant que les boutiques ne ferment leurs portes.

Il ne se procura que le strict nécessaire. Quand il revint à sa voiture, il fut fort surpris d'apercevoir une très jolie fille aux cheveux bruns, portant des lunettes à verres teintés et vêtue fort élégamment.

— Je savais qu'il y avait une salle de toilette dans le centre d'achat. Je me suis glissée dans celle des dames pendant que personne ne regardait et je me suis changée. Les vêtements que j'ai enlevés sont dans ce sac.

— Cette robe te va à merveille.

— Assez bien, mais je déteste qu'elle monte au cou comme ça. Je suis assez bien tournée, je crois, et j'aime bien les décolletés.

En s'installant derrière le volant, le détective déclara :

— Je n'allais pas t'acheter des sous-vêtements. J'aurais eu l'air d'un idiot d'essayer de choisir un soutien-gorge. Alors, j'ai préféré prendre une robe plutôt ample et montante, assuré de cette façon qu'elle te ferait.

— Tu as oublié les souliers ; j'ai l'air d'une idiote avec des espadrilles aux pieds.

Elle avait entièrement raison. Le détective alla lui acheter une paire de sandales à talons assez élevés.

— Ça peut se porter avec tout.

Le Manchot mit la voiture en marche. Bientôt il quitta la route nationale pour s'engager sur un chemin secondaire menant à des petites villes.

Il était près de neuf heures du soir lorsque Dumont vit une enseigne lumineuse brillant dans la nuit. On pouvait lire « MOTEL » et en dessous, en lettres rouges, le mot « vacancy ».

— Il n'y a que quelques chambres. C'est exactement ce que nous cherchons. Attends-moi ici, Janine.

Il entra dans le bureau.

— Ma femme et moi aimerions une chambre pour la nuit ; vous en avez avec des lits jumeaux ?

— Oui, il m'en reste deux. Vous désirez visiter ?

— Non, ce n'est pas nécessaire.

Il paya immédiatement, prétextant qu'il devait se mettre en route très tôt le lendemain matin.

Lorsqu'ils furent entrés dans le motel, le Manchot demanda à sa compagne :

— Quel lit préfères-tu ?

— Je croyais que nous étions en voyage de noces.

— Aux yeux des autres, oui, mais je suis en mission et je veux accomplir mon travail. Si ça t'est égal, je vais prendre le lit le plus près de la porte. Je tombe de fatigue.

Il s'approcha de la jeune fille et lui tint solidement les deux poignets.

— Écoute bien, Janine. Mon devoir serait de te menotter à ton lit, mais je préfère te faire confiance.

Elle l'embrassa sur la joue :

— Tu ne le regretteras pas.

— Si seulement cette confiance était réciproque, tu te confierais. On ne veut pas te tuer pour rien. Tu sais des choses.

Elle se dégagea rudement.

— Ne me dites pas que vous allez recommencer, lança-t-elle en oubliant le tutoiement.

— Allons, ne te fâche pas. Je tombe de fatigue, je vais me servir de la salle de bains en premier, prendre une bonne douche puis me coucher. Je ne tarderai sûrement pas à dormir. Depuis les petites heures du matin que je suis sur la route.

Lorsque le Manchot sortit de la salle de bains, il ne portait que sa chemise et son caleçon.

Il se glissa immédiatement sous le drap du lit près de la porte, en disant :

— Demain matin, si tu t'éveilles et que je ne suis pas là, ne t'inquiète pas. Je vais faire un appel. Il faut que je fasse connaître mon itinéraire pour qu'on nous assure toute la protection essentielle.

Janine, sans dire un mot, ne laissa qu'une petite lampe allumée et, à son tour, se glissa dans la salle de bains.

Le Manchot entendit couler l'eau de la douche et ce doux bruit monotone finit par avoir raison de sa fatigue. Il sombra dans un profond sommeil.

Il s'éveilla brusquement. Quelle heure pouvait-il être ? Il faisait noir dans la petite pièce. Il sentit des bras se glisser autour de son cou. Un corps nu se frottait contre son dos.

— T'es éveillé ?

— Qu'est-ce que vous faites ici ?

— Seule, je ne pouvais dormir ; je crois que je suis trop nerveuse, murmura Janine.

Mais déjà les mains de la fille lui caressaient la poitrine, descendaient sur ses cuisses, lui faisant passer des frissons par tout le corps.

Il voulut se retourner pour faire face à sa compagne, mais lorsqu'il fut sur le dos, elle l'empêcha d'aller plus loin.

— Ne bouge pas, je veux te remercier à ma façon de m'avoir sauvé la vie...

Et elle commença par l'embrasser longuement, puis ses lèvres se mirent à effleurer tout le corps du détective.

Ce fut une nuit torride, remplie de passion ; Janine prouva qu'elle était une experte amoureuse, une jeune mariée qui ne manquait pas d'expérience.

Le Manchot n'avait pas passé une nuit aussi « agitée » depuis plusieurs semaines. Aussi, quand il tomba endormi, plus rien ne pouvait l'éveiller. Janine, dans ses bras, la tête sur sa poitrine, souriait, heureuse. Depuis la mort de son Luigi, c'était la première fois qu'elle se laissait aller à tant de passion.

Robert Dumont aurait voulu s'éveiller au petit jour, dresser un nouvel itinéraire et se mettre en communication avec l'agent spécial Robert Smith. Mais lorsqu'il ouvrit les yeux, le soleil pénétrait déjà dans la chambre à travers les minces rideaux de mousseline.

Janine n'était plus à ses côtés. Il jeta un coup d'œil vers l'autre lit, elle n'était pas là non plus.

D'un bond il se leva et se dirigea vers la salle de bains ; pas de Janine. La jeune femme avait profité du sommeil du Manchot pour prendre la fuite !

Chapitre V

LA COURSE VERS LA MORT

Le Manchot s'habilla à la vitesse de l'éclair. Il lui fallait rattraper sa prisonnière.

« Je me suis laissé jouer comme un enfant. Elle m'a fait la comédie de l'amoureuse et quand je suis tombé, épuisé, elle a pris la fuite. Idiot que j'ai été. »

Il allait sortir précipitamment du motel lorsque la porte s'ouvrit et Janine parut.

— Mais qu'est-ce que vous faites là ?

— Depuis quand dis-tu vous à ta chère épouse ?

Elle tenait à la main un plateau contenant une tasse de café bouillant et une assiette dans laquelle miroitaient deux œufs et des rôties.

— Tu dormais tellement bien que je n'ai pas osé t'éveiller. Je me suis habillée sans bruit, je suis allée au petit restaurant du motel ; il est ouvert jour et nuit ; j'ai mangé, j'ai causé avec la patronne et je t'ai apporté à déjeuner.

Il était près de sept heures du matin.

— Tu aurais dû m'éveiller, je crains de ne pouvoir rejoindre Smith à cette heure-ci et mon itinéraire n'est pas tracé. Il y a une boîte téléphonique près d'ici ?

— Oui, juste au coin du restaurant. Mais on a un appareil dans la chambre ; si tu préfères ne pas parler devant moi, je n'ai qu'à sortir.

Le détective avait avalé une rôtie mais le café était beaucoup trop chaud pour songer à le boire immédiatement.

— Je n'ai rien à te cacher, répondit-il à Janine, mais je ne veux pas qu'on puisse retracer l'appel facilement.

Tout en parlant, il regardait la jeune fille. Elle avait coiffé la perruque autrement et ça lui donnait un air très jeune. Elle semblait en pleine forme. Bien maquillée, ce n'était pas la même fille qu'il avait rencontrée la veille, à la prison des femmes.

— Je reviens tout de suite.

— Attends, Robert, je...

Mais déjà le détective était sorti. Il s'engouffra dans la cabine téléphonique et demanda à la téléphoniste de composer le numéro privé que Smith lui avait remis.

— C'est un appel à frais virés, mademoiselle. Je veux parler à monsieur Smith et mon nom est Dumont.

Au bout de quelques secondes qui lui parurent interminables, il entendit enfin la voix de Smith qui acceptait l'appel.

— Allô, Dumont, où êtes-vous ? La fille est-elle toujours avec vous ? Dans quelle voiture voyagez-vous ?

— Oh, oh, une seconde. Vous êtes une véritable mitraillette. On vous a mis au courant de ce qui s'est passé à Pottsville ?

— Oui, j'ai parlé longuement avec Blake et il mène une enquête pour découvrir le coupable de l'attentat. Où êtes-vous? Vous êtes sur le chemin du retour?

— Je partirai bientôt. Dans cette explosion, j'ai perdu tout l'itinéraire que je m'étais tracé. Je vais en préparer un nouveau.

— D'accord, et rappelez-moi, fit Smith. Je ne bougerai pas d'ici avant que vous ne m'ayez appelé. Ensuite, j'enverrai des hommes sur la route et ils pourront assurer votre sécurité. Il n'y a aucun risque à prendre. Où vous êtes, présentement, vous ne courez aucun danger?

— Aucun; je vous rappelle d'ici une heure.

Et il raccrocha. Lorsqu'il fut de retour à son motel, ses œufs étaient froids mais son café juste bon à être dégusté.

— Tantôt tu es sorti trop vite, dit Janine. J'ai causé avec la femme du motel. Elle voulait savoir qui nous étions. J'ai donc posé plusieurs questions et j'ai su qu'un homme, se disant de la police de Pottsville, avait appelé pour savoir si elle n'avait pas loué une chambre à un homme, grand et fort, et à une fille blonde qui pouvait être vêtue en garçon. Vous voyez, ils sont bien renseignés.

Le détective demanda:

— Qu'a-t-elle répondu?

— Qu'elle avait loué à un couple de jeunes mariés, mais qu'elle n'avait pas vu la jeune femme. Mais en me voyant, elle a tiré ses conclusions: nous ne sommes pas le couple recherché.

Le Manchot avait pris sa décision rapidement.

— Il faut partir d'ici.

— Pourquoi?

— Ceux qui veulent nous descendre ont dû téléphoner à tous les motels des environs et on doit visiter les endroits où un couple est descendu. On sait fort bien, à Pottsville, que j'avais besoin de repos.

Mais avec beaucoup de logique, elle répliqua :

— On aurait pu prendre un autobus et s'éloigner beaucoup plus. Ils ignorent que nous possédons une voiture.

— On a dû interroger les chauffeurs d'autobus, vérifier les gares et peut-être a-t-on questionné les chauffeurs de taxi. Le nôtre a pu parler. De toute façon, la patronne a dit à cet homme qu'un client se disant marié avait retenu une chambre et qu'elle n'avait pas vu la femme ; on va sûrement venir jeter un œil.

Robert Dumont avait promis de rappeler Smith en moins d'une heure, mais il pouvait le faire de n'importe quelle boîte téléphonique. L'agent spécial ignorait totalement où se trouvait le Manchot.

Quelques instants plus tard, le couple sortait du motel, s'engouffrait dans la puissante voiture et le Manchot décida de s'enfoncer plus avant dans la montagne. Il ne voulait pas s'engager immédiatement sur une grande route.

De temps à autre, il jeta un coup d'œil dans son rétroviseur.

Lorsqu'il quitta le motel, il aperçut immédiatement une camionnette toute noire qui le suivait de près. Aussi, il emprunta deux rues du village, refaisant le même chemin à trois reprises avant de s'engager sur la route de la montagne. Le camion n'était plus là.

Il jeta un coup d'œil à sa montre.

— Faudra que je rappelle Smith très bientôt. Tiens, prends ce crayon rouge, Janine. Il faut dresser l'itinéraire. Il y a des cartes routières dans le « coffre à gants ». Mets-toi au travail. Même si on met deux jours à entrer au Québec, je veux éviter les grandes routes.

Janine déplia la carte. Elle connaissait assez bien la région. De temps à autre, elle demandait des renseignements au Manchot et elle traçait une ligne rouge sur la carte.

— Et si nous prenons cette route, nous toucherons la 87 ; c'est ce qu'on appelle le Thruway, Montréal-New York. Sur une telle route, il y a tellement de voitures que le danger sera moindre. Ne crois-tu pas ?

Le Manchot ne répondit pas. Derrière lui, à plusieurs centaines de pieds, il avait vu un nuage de fumée, puis, lorsque sa voiture s'était engagée dans une courbe, il avait cru apercevoir la camionnette noire.

La voiture du Manchot filait maintenant sur une route de gravier, très peu large, et de chaque côté les accotements étaient presque inexistants. Un faux mouvement et un mauvais conducteur risquait de tomber dans un précipice.

« Je me demande si cette route mène quelque part. Pourquoi se rapproche-t-on tout à coup de moi ? Peut-être sait-on que je suis coincé ? »

Cette fois, il voyait bien la camionnette noire qui filait à grande vitesse.

— Vite, couche-toi, on est suivi.

Le détective appuya à fond sur l'accélérateur. Mais le moteur de la camionnette était encore plus puissant.

Il y avait une route à droite. Le détective appliqua les freins et tourna. Mais au même moment, il aperçut une affiche à peine visible, sur le bord de la route :

« Chemin sans issue »

Il était trop tard. La camionnette était maintenant derrière lui et cherchait à le dépasser.

« S'il s'avance un peu plus, il n'aura aucune difficulté à me faire perdre le contrôle. »

Dans un tournant, le détective dut se ranger à droite, sur l'accotement, et la camionnette en profita pour se placer à sa hauteur. Les vitres étaient teintées et on ne pouvait voir à l'intérieur.

À deux reprises la camionnette se jeta littéralement sur la voiture du Manchot.

Janine criait, devinant le danger. La route allait en se rétrécissant. Le chauffeur de la camionnette n'avait pas le choix. Il devait laisser passer le Manchot ou le précéder. Il préféra la première solution.

Aussitôt le détective appuya à fond sur l'accélérateur et put s'éloigner de la camionnette qui avait ralenti.

Soudain, devant lui, il aperçut la route qui s'élargissait, et il y avait une barrière. Le chemin s'arrêtait là. En plus, au bout c'était un véritable précipice. Bien des touristes montaient jusqu'à cette barrière pour admirer le paysage environnant.

Alors qu'il faisait partie du corps policier, le détective Robert Dumont avait suivi des cours de conduite dirigés par un véritable cascadeur. On apprenait aux policiers comment bien tenir le volant, comment faire des têtes à queue, comment freiner et repartir aussitôt, enfin, tout ce qu'il était nécessaire de savoir pour s'engager dans une poursuite.

Janine releva la tête.

— Ils ont abandonné la poursuite ?

— Non, ils se rapprochent.

Elle vit la route qui se terminait abruptement à quelques centaines de pieds en avant.

— Arrêtez, hurla-t-elle, vous roulez trop vite. Jamais on ne pourra stopper !

Le Manchot continuait d'appuyer à fond sur l'accélérateur et la camionnette se rapprochait.

À quelque cinquante pieds du précipice, il appuya de toutes ses forces sur le frein, tout en donnant un violent coup de volant à gauche.

Comme il s'y attendait, sa voiture fit un brusque tête à queue. Mais maintenant, il était plus à gauche et la route était large.

La camionnette, qui suivait, n'avait pas prévu le manège du Manchot. Le chauffeur n'avait pu apercevoir l'avertissement, il n'avait pas vu le précipice.

Il n'eut pas le temps de freiner. La camionnette passa à quelques pouces de la voiture du Manchot,

71

fonça sur le garde-fou qu'il enfonça et, emportée par sa vitesse folle, vola quelques secondes dans les airs avant de retomber sur la pente abrupte, rouler sur elle-même et s'écraser au fond du précipice.

Quelques secondes plus tard, on entendit une puissante explosion. Une fumée blanche s'éleva du fond du ravin. La camionnette et son conducteur avaient dû être réduits en miettes.

Le détective s'épongea le front. Janine s'était relevée. Elle était plus blanche qu'un drap.

— On a viré bout pour bout. J'ai pensé qu'on était morts.

— J'ai risqué le tout pour le tout, murmura Dumont. L'autre n'a pas eu autant de chance.

Quand il fut calmé, il se remit en route, descendit de la montagne et, cette fois, emprunta une route pavée, menant sans doute à un village.

Bientôt, l'automobile arriva dans une petite agglomération et, devant ce qui pouvait être le magasin général, le détective vit une cabine téléphonique.

Il prit la carte routière avec l'itinéraire tracé par Janine. L'agent Smith attendait son appel.

— Dites donc, vous avez mis beaucoup plus qu'une heure.

— J'ai eu de petits ennuis.

— Rien de sérieux ?

— Non.

Le Manchot lui indiqua ensuite les routes qu'il voulait emprunter.

— Disons qu'à dix heures je serai à ce croisement, les routes 27 et 114.

Mais Smith l'interrompit :

— Non, Dumont. Après ce qui s'est passé, je ne veux pas communiquer avec la police américaine. Déjà plusieurs de mes agents sont en route vers Washington. Mais il faut quand même leur donner le temps d'arriver. Ils ne sont pas en avion, vous savez. On pourrait fixer le lieu de rencontre à trois heures. Ça vous va ?

Le détective aurait préféré repartir immédiatement mais Smith ne voulait courir aucun risque.

— Vos hommes communiqueront-ils avec moi ?

— À moins que ce ne soit indispensable, non. Ils auront seulement l'ordre de vous surveiller.

Les deux hommes parlèrent environ dix minutes. Le Manchot transmit une bonne partie de son itinéraire.

— S'il n'arrive rien, nous serons sur la 87 avant la tombée de la nuit. Ensuite, nous filerons directement vers Montréal. S'il survient quelque chose, je communiquerai avec vos hommes. J'arrêterai mon automobile sur l'accotement. Il y a une antenne de radio à ma voiture, comme nous en possédions autrefois ; j'y attacherai un mouchoir blanc. Ce sera le signal que j'ai besoin d'aide ou que je dois changer mes plans.

— Compris, et merci pour tout ce que vous faites, Manchot.

— Vous êtes mieux de vous préparer à payer beaucoup plus. La voiture que j'ai décrite tantôt, je n'ai pas du tout l'intention de la payer moi-même, d'autant plus qu'elle est passablement amochée depuis une heure.

— Vous avez eu un accident ?

— Ne parlons pas de ça, ça fait partie du métier. Si jamais j'ai besoin de vous contacter ?

— Vous laissez un message, toujours au même numéro, ou encore vous m'appelez avant huit heures du matin, je serai là.

Le détective sortit de la cabine. Il avait de nombreuses heures à perdre et on pouvait se lancer à sa recherche ou à la recherche de la camionnette. Faisant un signe de la main, il demanda à Janine de patienter et entra dans le magasin général. Il acheta une boîte de cinq cigares et s'adressa à l'homme, un type âgé, sans cheveux et la bouche très creuse vu qu'il n'avait plus aucune dent.

— Y a-t-il des choses intéressantes à voir dans le coin ?

— Oui, monsieur. Vous êtes touriste ? Moi, ça fait douze ans que je suis propriétaire de ce magasin général. Si vous vous engagez dans la montagne, vous allez voir de très beaux paysages.

— Je suis fatigué de conduire...

— Attendez donc une seconde, vous. Il passe ici, tous les matins, un autobus qui promène les touristes. On leur fait faire le tour de la région. Le tour est déjà commencé. L'autobus devrait passer ici dans une vingtaine de minutes et il pourrait vous ramener vers une heure de l'après-midi.

Le Manchot s'écria :

— C'est exactement ce que nous cherchons, ma femme et moi. Mais il y a ma voiture. Où puis-je la laisser ?

— J'ai un vieux bâtiment à l'arrière qui servait d'écurie autrefois ; aujourd'hui, j'y range un tracteur, mais mon homme est au travail. Vous pouvez la garer dans ce bâtiment et vous la reprendrez à votre retour.

Le Manchot ne pouvait demander mieux. Il venait à peine de stationner son automobile dans l'abri que l'autobus de touristes arrivait. Le marchand se mit au centre de la route et fit des signes désespérés de la main. L'autobus stoppa.

— J'ai deux touristes qui désirent faire le voyage avec vous. Vous les descendrez ici à votre retour.

Il se retourna, mais Janine était seule.

— Où est votre mari ?

— Il revient dans une seconde.

Le Manchot parut dans la porte du magasin général. Il s'était coiffé d'un chapeau blanc, en paille, et portait maintenant des lunettes à verres teintés. Ça cachait passablement sa figure. Le détective s'était dit :

« Il peut y avoir des Québécois dans cet autobus et on pourrait me reconnaître ; je ne dois prendre aucun risque. »

Avec Janine, il dut s'installer sur la dernière banquette, toutes les autres étant occupées.

Pour la première fois depuis son départ de Montréal, le Manchot put enfin se reposer. Il se sentait en sécurité. À une heure il reprendrait sa voiture et à compter de trois heures il serait escorté par des policiers envoyés par Robert Smith.

Le guide, un homme volubile, ne s'exprimait qu'en anglais. Il avait beaucoup d'humour et rendit la balade fort intéressante. On stoppa à un « Quick Lunch », pour avaler un sandwich. À une heure dix, le détective et sa compagne étaient de retour au village.

Le Manchot paya le chapeau et les lunettes à verres teintés puis demanda au marchand combien il lui devait pour avoir gardé sa voiture.

— Pas un cent, fit l'homme.

Puis, baissant la voix pour que Janine n'entende pas, il demanda au détective.

— C'est-y ben votre femme, cette belle fille-là ?

— Pourquoi me posez-vous cette question ?

— Un peu après votre départ, il est arrivé une voiture avec deux hommes. Ils m'ont demandé si j'avais vu passer une auto avec un couple à l'intérieur, et ils ont bien décrit votre voiture.

Le Manchot fronça les sourcils. Ses poursuivants n'abandonnaient pas facilement la partie.

— Qu'avez-vous répondu ?

— Moi, vous savez, j'ai eu une femme pendant près de quarante ans. C'est elle qui dirigeait tout. Fallait que je passe par là. J'ai poussé un soupir de soulagement quand le Bon Dieu l'a rappelée. Alors, quand je vois des gens heureux, des amoureux comme vous deux, je les protège.

Le Manchot lui fit un clin d'œil et lui avoua d'un air complice :

— Ses parents veulent pas qu'on se marie. On dit que je suis trop vieux pour elle. Mais elle a vingt et un ans, et ils ne nous empêcheront pas d'être heureux.

Le bonhomme proposa :

— Voulez-vous que je vous marie ? En plus d'être chef de police, chef des pompiers, je suis juge de paix et...

— Vous êtes bien gentil, mais nous devons rejoindre des amis qui veulent absolument nous servir de témoins. Nous sommes déjà en retard.

Et ils quittèrent bientôt cet homme sympathique. Ils atteignirent la route 27. Les hommes envoyés par Robert Smith devaient être à la croisée de la route 114. Le rendez-vous était fixé à trois heures, mais la visite touristique ayant duré plus longtemps que prévu, ce ne fut qu'à trois heures vingt qu'on arriva aux environs du croisement.

Soudain, à un demi-mille de la croisée, le détective aperçut deux voitures arrêtées sur l'accotement. Des policiers, en uniforme, avaient dressé un barrage au centre de la route.

On devait surveiller toutes les voitures, sans doute à la recherche d'un criminel en fuite.

Le Manchot ralentit son allure, il devait arrêter. Un des policiers lui faisait des signes de la main. Soudain le détective appuya à fond sur l'accélérateur, et la voiture bondit en avant.

Janine poussa un cri :

— Mais tu es fou ! Ce sont des policiers !

— Non !

Le soleil venait brusquement de rendre service au Manchot. Le policier qui faisait des signes avait le soleil en pleine figure et c'est alors que le détective avait remarqué l'insigne placé du côté droit et non du côté gauche. Cet homme n'était pas un policier.

Et lorsqu'ils virent l'automobile du Manchot foncer sur le barrage, les faux policiers sortirent leurs armes. Ils étaient huit sur la route. Les chances de s'en tirer étaient presque nulles. Cette fois, on avait mis le paquet pour abattre définitivement le Manchot et sa compagne, ce témoin gênant qu'on voulait à tout prix empêcher d'arriver au Québec.

Chapitre VI

UNE FILLE
QUI RAISONNE BIEN

Les balles s'abattirent sur la voiture. Le Manchot s'était penché de côté et Janine s'était jetée au sol.

Le pare-brise vola en éclats, les morceaux de vitre tombant sur le Manchot et sa compagne. On avait reçu l'ordre de les tuer, c'était clair, les criminels n'avaient pas visé les pneus.

Soudain, le détective entendit Janine pousser un cri de douleur.

— Je suis touchée !

Une des balles avait traversé la portière.

— C'est grave ?

— Non, au bras, juste au-dessus du coude. Ça saigne.

La voiture avait franchi le barrage. On allait sûrement se lancer à leur poursuite. Le moteur du Manchot était puissant, son automobile prit de la vitesse rapidement. Les courbes étaient nombreuses. Juste avant d'arriver à la route 114, le chemin 27 était bordé de garde-fous, car il y avait un risque de tomber dans des précipices.

Le Manchot jeta un coup d'œil dans le rétroviseur. À cause des nombreuses courbes, les poursuivants n'étaient pas immédiatement derrière lui et, surtout, on ne pouvait distinguer sa voiture.

— La portière, ouvre la portière Janine, et quand je te le dirai, jette-toi dehors. Je vais ralentir un peu. Laisse-toi rouler.

Le détective donna un coup de volant tout en appliquant les freins.

— Vas-y, saute !

Janine obéit. Le Manchot appuya sur l'accélérateur tout en se jetant hors de la voiture à son tour. L'automobile enfonça le garde-fou et roula dans le précipice où elle prit feu.

— Tu ne t'es pas blessée ?

— Des ecchymoses, c'est mon bras qui me fait mal. Et toi ?

— Un genou écorché, un peu mal à la tête.

Avant de sauter, le Manchot avait pris soin de s'emparer de sa petite valise contenant sa prothèse de rechange. Le matin, en s'habillant, il avait mis sa prothèse neuve et placé l'autre dans la valise.

— Vite, la petite forêt.

À gauche, il y avait de nombreux arbres et la route était très large. Ils la traversèrent en courant, le Manchot boitant légèrement. Ils eurent tout juste le temps de se coucher dans les hautes herbes, car les autres voitures approchaient. On s'arrêta près du précipice.

— Ils vont descendre, se rendre compte que nous ne sommes pas dans la voiture. Tu peux ramper ? demanda le détective.

— Oui, mais j'ai mal au bras.

Ils s'éloignèrent le plus rapidement possible. Lorsqu'il se crut assez loin, le Manchot se releva. Il examina la blessure de Janine. La balle n'avait pas pénétré dans le bras, mais elle l'avait écorché ; la blessure saignait passablement. Le détective déchira un morceau de sa chemise, lui fit un pansement sommaire et décida :

— Nous allons continuer à avancer dans cette forêt. Nous longeons la route 114. Lorsque nous serons assez loin, nous ferons de l'auto-stop.

Ils allaient se mettre en route lorsqu'une voix résonna, et un ordre fut lancé en anglais :

— Freeze ! Hands-up !

Ils étaient pris.

— Appuyez vos mains contre un arbre, les bras en l'air.

Le faux policier qui les avait retrouvés était seul. Il fouilla rapidement le Manchot, lui enlevant son 45. Ses mains glissèrent ensuite le long du corps de la jeune fille, mais Janine n'était pas armée.

— Je puis me retourner ? demanda le détective.

— Oui, mais laissez vos mains levées.

Le faux policier se préparait à tirer un coup de feu en l'air, probablement avec une arme qui lance dans le ciel un nuage de couleur.

Mais à cet instant précis, le Manchot abaissa légèrement sa main gauche. Une seconde plus tard, un claquement sec résonnait. L'arme cachée dans sa nouvelle prothèse avait fait son travail.

Le faux policier, la bouche entrouverte, les yeux figés de surprise, resta une seconde éberlué ; il ne comprenait pas. Puis, brusquement, il croula au sol.

— Nous n'avons pas une seconde à perdre, les autres vont arriver, fit le Manchot en reprenant son 45.

Il prit le temps d'enlever le revolver au policier et le tendit à Janine.

— J'espère que vous savez vous en servir. Maintenant, risquons le tout pour le tout. La route, c'est la seule solution.

On avait peut-être dressé un autre barrage. Le Manchot et Janine ne tardèrent pas à rejoindre la 114. Une petite voiture Volvo approchait.

— Vas-y, Janine, place-toi au centre du chemin, fais des signes.

L'automobile dut freiner. Une femme était au volant. Le Manchot arriva à la hauteur de la portière et braqua son revolver dans la figure de la conductrice. Elle laissa échapper un cri de mort.

— Soyez calme et il ne vous arrivera rien. Poussez-vous.

Déjà Janine s'était glissée sur la banquette arrière. Le Manchot s'installa au volant et démarra aussitôt. Il savait qu'on le rattraperait rapidement. Il ne pouvait continuer sa route bien longtemps.

Sitôt qu'il aperçut une maison, il n'hésita pas. Il alla se stationner à l'arrière.

— Surveille-la, Janine.

Le détective descendit de voiture et alla frapper à la porte arrière. Une femme dans la trentaine vint ouvrir.

— Votre mari est ici ? demanda le Manchot en anglais.

— Non, il est à son travail. Pourquoi ?

Dumont sortit son 45.

— Je regrette, mais vous allez être forcée de nous accorder l'hospitalité.

— Vous n'allez pas me tuer ?

— Pas du tout.

Il fit signe à Janine.

— Venez !

La conductrice passa la première, suivie de Janine puis de l'occupante de la maison et, enfin, du Manchot qui referma la porte.

— Vous êtes seule dans la maison ? Et attention de ne pas nous mentir.

— J'ai mon fils, mais il est chez sa grand-mère. Mon mari devrait arriver d'ici une trentaine de minutes, il finit à quatre heures. J'étais en train de préparer le repas du soir.

Tout le groupe entra dans le salon. Le Manchot montra le divan.

— Assoyez-vous toutes les deux. Toi, Janine, surveille-les de près.

Le détective prit une des chaises qui entouraient la table, la retourna et s'assit en s'appuyant les coudes au dossier.

— Écoutez-moi bien, mesdames. Vous ne courez aucun danger. Nous ne sommes pas des criminels, je puis vous le jurer. Je dois conduire mademoiselle au Québec. Elle est un témoin important dans une cause de meurtre. La pègre veut l'empêcher d'arriver au Canada. On fait tout pour nous bloquer la route. Ils se sont déguisés en policiers, ils ont tiré sur nous, mademoiselle est blessée à un bras, mais heureusement, par miracle, nous sommes toujours vivants. Présentement, nos poursuivants doivent surveiller la route 114. Mais ici, nous ne courons aucun risque, du moins pour l'instant.

Il demanda à la propriétaire de la voiture :

— Comment vous appelez-vous ?

— Lilian.

— Et vous ?

L'occupante de la maison répondit d'une voix tremblotante :

— Je suis madame Mitchell, Jane Mitchell.

— L'une de vous deux s'y connaît-elle en premiers soins ? Il s'agit simplement de nettoyer la blessure de ma compagne et de lui faire un pansement.

Madame Mitchell se leva.

— Venez avec moi, dit-elle à Janine, j'ai ce qu'il faut dans la salle de bains.

Le Manchot fit lever Lilian.

— Nous allons les accompagner ; il faut que je vous surveille toutes les deux.

Pendant que Jane Mitchell nettoyait la blessure de Janine, le Manchot, tout en ne quittant pas son 45, avait sorti son porte-monnaie de sa poche. Il montra une carte d'affaires, tout en expliquant qu'il était détective privé, que des criminels étaient à sa recherche.

— Pourquoi agir comme des bandits, si vous êtes des honnêtes gens ? demanda Lilian.

De retour au salon, le Manchot fit le récit d'une partie de son aventure, affirmant aux deux jeunes femmes qu'il ne pouvait plus faire confiance aux policiers, qu'un haut gradé, faisant partie du corps policier de Pottsville travaillait sans doute avec la pègre.

Les deux jeunes femmes l'écoutaient sans mot dire. Mais on sentait qu'elles avaient énormément de difficulté à accepter les propos du Manchot.

— Libre à vous de me croire, mais je vous ai dit l'exacte vérité. Maintenant, Janine, tu vas les surveiller pendant que je vais téléphoner à mon ami Smith.

Janine qui, une fois pansée, s'était assise dans un large fauteuil et semblait sommeiller, se leva tout à coup.

— Robert, faut que je te parle, seul à seul.

C'était une chose impossible. On ne pouvait faire confiance à ces deux femmes qui s'empresseraient de prendre la fuite.

Il remit son 45 à Janine.

— Comment est ta blessure?

— Ça brûle un peu, mais ça s'endure. Je n'en mourrai sûrement pas.

— Surveille-les.

Il se rendit à la salle de bains. Il y avait une fenêtre mais il était impossible pour une personne de sortir par là. On avait placé des barreaux de métal dans la fenêtre, sans doute pour protéger la maison contre les malfaiteurs.

Le Manchot retourna au salon et fit signe aux deux femmes de se lever.

— Venez avec moi.

Il les conduisit dans la salle de bains, ferma la fenêtre puis, se servant de serviettes qui pendaient sur des supports en métal chromé, il leur attacha les poignets en les plaçant dos à dos ; puis, en s'excusant, il leur attacha à chacune une serviette autour de la bouche.

— Je ne veux pas que, par vos cris, vous attiriez l'attention des voisins. Je vous délivrerai le plus tôt possible.

Il sortit de la salle de bains en refermant la porte derrière lui et alla retrouver Janine.

— Alors, qu'est-ce qu'il y a ?

Les deux poings sur les hanches, la jolie fille le regarda longuement, puis elle dit :

— Je croyais que le Manchot était plus intelligent que ça. Tu me déçois énormément, Robert. Et ton agent spécial Smith de Montréal doit être un bel imbécile s'il a agi comme tu le crois.

— Où veux-tu en venir ? Si tu penses qu'avec tout ce qui nous arrive j'ai eu le temps de réfléchir...

Elle se tenait debout devant lui, parlait lentement, mâchant chacun de ses mots.

— Tu as téléphoné à Smith, tu lui as tout raconté. Il sait qu'une personne de la police de Pottsville a reçu des ordres de la pègre et doit, à tout prix, m'empêcher d'entrer au Québec. On me croit dangereuse, on est persuadé que j'en sais long alors que je n'ai absolument rien à dire.

— Je sais tout ça, fit le Manchot d'un ton impatient.

— Smith, selon toi, a-t-il communiqué ton itinéraire à la police de Pottsville, sachant qu'aussitôt on tenterait de nous barrer la route ?

— Mais...

— Pourquoi t'a-t-il fait patienter ? Pourquoi te donner un rendez-vous avec la mort, à la croisée des deux routes ? Il fallait donner le temps à sa bande de tueurs d'arriver sur les lieux.

Brusquement, le détective l'arrêta.

— J'avoue que l'idée que Smith puisse être au fond de cette affaire m'a traversé l'esprit. Mais je ne puis y croire. Cependant, tu as raison, je ne dois pas lui téléphoner. On surveille probablement toutes ses lignes. Et ce n'est peut-être pas la solution. La première fois que j'ai appelé, il y avait une femme avec lui, elle est donc au courant et elle pouvait être là la seconde fois. Smith m'a également affirmé que son avocat était au courant de tout. Il n'est pas le seul à être mêlé à cette histoire et à connaître notre itinéraire. Il y a beaucoup trop de gens qui sont au courant.

Cependant, sans aucune aide, le détective savait fort bien qu'il ne pourrait jamais retourner au Québec. Toutes les routes de la région devaient être surveillées de près.

— Si nous sortons de cette maison, nous sommes faits.

Il lui restait toutefois une possibilité. Il pouvait téléphoner à son agence, demander à Michel, ou encore à Candy, de trouver un moyen de lui prêter main-forte.

— Oui, c'est ce que je vais faire, ce sont eux que je vais rejoindre. Délivre les deux femmes. Surveille en même temps tout bruit de l'extérieur. Le mari de madame Mitchell doit arriver bientôt. Faut pas se laisser surprendre. Je vais faire des appels à Montréal, mais cette fois il n'y aura aucun risque.

*
* *

Depuis que Michel Beaulac avait promis le mariage à la jolie Yamata, la jeune fille de descendance japonaise avait repris sa vie commune avec le grand détective privé.

Cet après-midi-là, lorsque Michel entra au bureau, Danielle, la secrétaire, lui tendit une feuille de bloc-notes.

— Yamata a téléphoné. Elle veut que vous l'appeliez chez le dépanneur du coin. On l'enverra chercher. Surtout, qu'elle a dit, faut pas que vous l'appeliez à votre appartement et elle vous conseille même de lui téléphoner de l'extérieur des bureaux de l'agence.

— Mais pourquoi?

— Je l'ignore. Elle m'a paru très bizarre; je lui ai posé des questions, je lui ai même demandé si elle était malade, mais elle a refusé de répondre.

Beaulac haussa les épaules:

— Elle est changée depuis sa longue maladie. Je me demande si...

Sans rien ajouter, il entra dans son bureau et composa le numéro que Danielle avait inscrit au bas du message. Il demanda au commis du dépanneur d'envoyer chercher Yamata.

— Elle m'a prévenu. J'envoie tout de suite le garçon.

Yamata ne tarda pas à prendre l'appel.

— Que se passe-t-il ? demanda Michel.

— Tu m'appelles du bureau ?

— Évidemment, je ne suis pas...

— Je t'ai dit de téléphoner de l'extérieur. Je ne bouge pas d'ici.

Et sans rien ajouter elle raccrocha. La Japonaise ne semblait pas du tout de bonne humeur.

« Malade, carabine ! Elle est malade, mentalement. C'est suffisant pour empêcher un mariage, grommela le grand Michel en sortant des bureaux de l'agence. »

Trois minutes plus tard, il rappelait au dépanneur, mais cette fois d'une cabine téléphonique située près de l'agence.

— Enfin tu as compris ; j'ai peut-être commis une erreur en appelant à l'agence, un peu plus tôt. Depuis que nous avons repris la vie commune, tu me tiens au courant de tout. Tu n'oublierais certainement pas de me prévenir si jamais notre appareil téléphonique était défectueux. Eh bien, il est venu un employé, disant que tu avais demandé qu'on vérifie notre ligne.

— Je n'ai jamais fait ça, s'écria Michel.

— C'est ce que je me suis dit. Alors, aussitôt qu'il est parti j'ai examiné l'appareil. Monsieur Dumont m'avait déjà mise en garde contre l'écoute électronique. Je n'ai rien touché, mais je suis persuadée qu'on a placé un bouton à l'intérieur de l'appareil.

— Mais pourquoi ?

— Je l'ignore, mais je me suis dit que, si on a pris la peine de venir ici pour enregistrer tes conversations, on a dû faire la même chose aux bureaux de l'agence, et peut-être chez Candy et chez les principaux employés.

— Merci de m'avoir prévenu. Je retourne tout de suite à l'agence.

Une fois dans son bureau, il fit venir Danielle.

— Il ne s'est rien passé de spécial aujourd'hui ?

— Mais non. Pourquoi cette question ?

— Notre ligne téléphonique n'a-t-elle pas été en dérangement ?

— Non, mais des ouvriers sont venus ; ils vérifiaient toutes les lignes de l'édifice.

Michel laissa échapper :

— Sacrament !

— Mais qu'est-ce qu'il y a ?

— On est « bogué ».

— Quoi ?

— On a mis mon appareil sur écouteur électronique et on l'a sans doute fait ici aussi. Ne me demandez pas pourquoi, je l'ignore. Candy est là ?

— Non, mais elle ne devrait pas tarder, elle vient toujours avant la fin de l'après-midi.

— Vous savez où est parti le patron ?

— Monsieur Dumont n'a rien voulu me dire, répondit la secrétaire. Il ne devrait pas tarder à rentrer puisqu'il m'a dit qu'il ne serait absent que deux jours.

Le grand Beaulac n'avait pas voulu faire de reproches au Manchot, mais il avait blâmé son attitude.

« Pourquoi tout ce secret ? Il va rencontrer un client à l'extérieur mais il refuse de me dire où exactement ; il refuse de donner des détails. J'aime pas ça, pas du tout. »

Inquiète, Danielle demanda :

— Vous croyez qu'il se passe quelque chose de grave ?

— Probablement. Le patron est peut-être en danger, je ne sais pas moi.

Michel retourna brusquement dans le grand bureau.

— Les employés de la compagnie de téléphone sont restés ici ?

— Oui. Si vous cherchez un micro pouvant enregistrer nos conversations dans le bureau, ce n'est pas la peine. On n'a touché qu'à l'appareil. Je vais regarder si...

Le grand Beaulac l'empêcha de s'emparer du récepteur.

— Non, il ne faut pas mettre la puce à l'oreille de ceux qui ont placé cet écouteur électronique. Mais il faut prévenir tous les gens de l'agence qui téléphoneront ici.

Danielle ouvrit le tiroir de son bureau :

— Ici l'agence de détectives privés Le Manchot, nous sommes à l'écoute ! récita-t-elle.

— C'est ça. À partir de maintenant, tu dois répondre de cette façon.

Robert Dumont avait inventé un code pour la secrétaire et la réceptionniste qui prenait les appels une fois les bureaux de l'agence fermés. En répondant de diverses façons, on mettait en garde celui qui appelait. En terminant sa phrase par « nous sommes à l'écoute », ça voulait dire que toutes les conversations étaient enregistrées par une personne inconnue.

Beaulac ajouta soudain :

— Ce n'est pas suffisant. Faut que le patron sache que nos lignes sont également « boguées ». À la fin de ta phrase, tu ajouteras : « Tous nos agents sont également à l'écoute...

Il réfléchit, puis continua :

— ... et à votre service ». C'est un peu bizarre comme phrase, mais faut prendre les grands moyens.

Comme si on avait voulu mettre Danielle à l'épreuve, la sonnerie du téléphone se fit entendre. La jeune fille décrocha.

— Ici l'agence de détectives privés le Manchot. Nous sommes à l'écoute, tous nos agents sont également à l'écoute et à votre service.

Il y eut un silence de quelques secondes.

— C'est Candy, je serai au bureau dans moins d'une heure. Rien de spécial ?

— Rien d'urgent, répondit Danielle.

Elle raccrocha.

— Je ne serais pas du tout surprise si elle

passait chez elle pour jeter un coup d'œil à son appareil, dit la secrétaire à Michel.

Une quinzaine de minutes plus tard, la sonnerie du téléphone se fit de nouveau entendre. Comme à chaque fin d'après-midi, les appels étaient peu nombreux.

Danielle décrocha :

— Ici l'agence de détectives privés le Manchot. Nous sommes à l'écoute, tous nos agents sont à l'écoute et à votre service.

Un court silence, puis elle reconnut la voix :

— Pas de messages pour moi ?

— Non.

— À bientôt.

C'était Robert Dumont, elle ne pouvait en douter. Lorsque le grand Beaulac apprit la nouvelle, il poussa un soupir de soulagement.

— Il ne cherchera pas à nous appeler, surtout s'il se sent en danger.

— Mais s'il veut absolument communiquer avec nous, comment fera-t-il ?

— Je ne suis pas inquiet. Le patron a toujours un truc dans son sac. Il saura se débrouiller.

Chapitre VII

AU SECOURS DU MANCHOT

Le détective Robert Dumont était demeuré perplexe. Non seulement Danielle lui avait fait comprendre que les appels reçus à l'agence étaient écoutés, mais également ceux que pouvaient recevoir ses agents.

Il devait communiquer avec quelqu'un, mais qui ? S'il demandait l'aide de la police officielle, il y avait plusieurs amis, on lui poserait des questions, il devrait parler de Smith et ce dernier pouvait être mis au courant. Or il ne pouvait plus faire confiance à l'agent spécial. Ou il était un agent double ou il était surveillé de très près.

— Landry ! songea tout à coup Dumont.

Le détective Landry avait charge du service des gardes de sécurité qu'offrait l'agence du Manchot.

« Non. Qui sait ? Possible qu'on ait placé un écouteur chez lui et, à cette heure-là, il est encore à l'agence. Il n'y a personne chez lui. Non, il me faut quelqu'un de sûr, qui peut contacter mes agents et qu'on ne songera jamais à surveiller. Mais qui ? »

Et soudain il eut sa réponse. Mais oui, il aurait dû y songer plus tôt.

Corinne Dumont-Spalding, sa mère, cette petite bonne femme qui avait vécu la majeure partie de sa vie aux États-Unis et qui était rentrée au Canada après avoir perdu son second mari. Corinne avait même travaillé à l'agence durant quelques semaines. Mais elle se croyait plus habile que tous les détectives, elle aimait les mystères et mettait beaucoup trop son nez dans les affaires de son fils.

« Maman adorera s'occuper de moi, se porter à mon secours. »

Corinne avait habité pendant un certain temps avec Yamata, mais le Manchot avait réussi à la décider d'aller habiter un petit logement dans un complexe mis à la disposition des personnes âgées.

Elle vivait seule ; elle avait sa chambre, une cuisinette, une salle à manger, un salon, et elle pouvait entrer rapidement en contact avec un médecin. Si elle le désirait, elle pouvait commander sa nourriture à un prix minime et on lui apportait ses repas ; enfin, quand elle s'ennuyait, elle pouvait se rendre dans une salle de loisirs où les personnes âgées se réunissaient pour jouer aux cartes, faire de l'artisanat ou tout simplement causer. Corinne Dumont-Spalding avait un appareil téléphonique dans son appartement.

« Espérons qu'elle soit chez elle. »

Le détective ne se cacha même pas pour faire l'appel. Même si les deux femmes qu'il retenait prisonnières entendaient sa conversation, tout d'abord elles ne semblaient pas comprendre le français, mais même si elles pouvaient tout entendre, ça ne ferait que confirmer ce qu'il avait voulu leur faire croire.

— Ne vous inquiétez pas, madame Mitchell, je demanderai le prix de mon appel une fois que j'aurai terminé et je vous le paierai.

Il composa donc directement le numéro. Enfin, après la troisième sonnerie, le récepteur fut décroché.

— Allô?

— Maman?

— Tiens, Robert. On ne peut pas dire que tu m'appelles souvent. Ça fait au moins deux semaines que je n'ai pas eu de tes nouvelles. C'est par les journaux que j'entends le plus parler de toi.

— Comment allez-vous?

— Ne me dis pas que tu t'inquiètes de ma santé tout à coup. C'est surprenant. Je te connais bien. Tu as un service à me demander, je suppose?

La petite Corinne était fort intelligente.

— Vous avez raison. Écoutez bien, c'est extrêmement important. Vous allez immédiatement vous rendre à l'agence avant que les bureaux ne ferment.

— Je suppose que je dois remplacer quelqu'un? Je ne suis pas assez compétente pour travailler régulièrement, mais...

— Non, maman, je vous en prie, écoutez-moi. Trouvez un moyen pour attirer Michel ou Candy ou même les deux hors du bureau. Mais que ça ait l'air naturel. Je crains que tous ne soient surveillés de très près.

— Où es-tu dans le moment?

— Aux États-Unis et j'ai absolument besoin d'aide. Alors vous demanderez à Michel ou à Candy de me téléphoner, le plus tôt possible. Ils savent qu'ils sont surveillés. Ils doivent m'appeler d'un endroit sûr.

Corinne voulait absolument savoir ce qui se passait, mais le Manchot refusa d'en dire plus long. Il ne donna que le numéro de téléphone des Mitchell.

— Je compte sur vous, maman. Surtout, faut pas attirer l'attention.

— Fie-toi à ta mère, mon garçon.

Le détective raccrocha, après l'avoir remerciée. Il n'espérait qu'une chose, c'est que Corinne n'essaie pas de porter secours elle-même à son fils. Souvent, elle avait voulu prouver qu'elle aurait pu devenir une détective extraordinaire. Elle pouvait chercher à retracer l'appel et, sur un coup de tête, quitter le Québec pour aller elle-même à l'aide de son fils.

— Robert!

Le détective se tourna du côté de Janine.

— Qu'est-ce qu'il y a?

— Une voiture vient de s'arrêter à côté de la maison; ce doit être monsieur Mitchell.

— Espérons qu'il ne nous fera pas de difficultés. Surveille la porte de devant, moi je m'occupe de celle de l'arrière.

*
* *

Corinne Dumont-Spalding était inquiète. Son fils était sûrement en danger. Il lui avait dit de ne pas appeler aux locaux de l'agence. Elle devina tout de suite que les conversations devaient être surveillées.

Malgré ça, après quelques minutes de réflexion, elle décrocha le récepteur de son appareil téléphonique, composa un numéro et elle entendit la voix de la nouvelle secrétaire :

— Agence de détectives privés Le Manchot. Nous sommes à l'écoute. Tous nos agents sont à l'écoute et à votre service.

Robert Dumont avait mis sa mère au courant de tous les codes. Elle ne se souvenait pas exactement de ce que cette phrase voulait dire, mais il lui fallait surveiller ses paroles.

— Mon fils n'est pas là, je suppose ?

— Non, madame Dumont.

— Sans-cœur qu'il est ! Ça ne me surprend pas. Passez-moi la Candy ou le grand Michel.

— Un instant, madame Dumont.

Michel était tout près de la secrétaire.

— La mère du patron ?

— Oui, et elle ne semble pas de bonne humeur. J'ignore ce qui se passe.

Michel esquissa un sourire. Il savait comment répondre à la brave femme pour la calmer.

— Bonjour, maman Corinne, comment allez-vous ?

— Laisse-moi la maman tranquille, toi. T'es pas mieux que mon fils. Vous savez pas que c'est ma fête aujourd'hui ?

— Hein ?

— C'est ma fête, ne discute pas, mon grand.

Michel se demandait où elle voulait en venir. Il savait fort bien que quelques semaines plus tôt le Manchot les avait invités au restaurant, Candy et lui, justement pour fêter l'anniversaire de naissance de sa mère.

— Robert aurait pu me téléphoner ; mais non, monsieur est en voyage, aux États-Unis.

Or le détective n'avait pas voulu dire à ses acolytes où il se rendait et voilà que Corinne venait de déclarer que son fils était à l'étranger.

— Alors, moi, j'ai fait des réservations dans un restaurant ; je me fête moi-même et je veux vous voir, toi et Candy. Vous m'oubliez, je vais me fêter moi-même, tu entends ? Et ne me faites pas poireauter au restaurant.

— Dans quel restaurant, maman Corinne ?

La mère du Manchot nomma un restaurant situé non loin de son appartement.

— Je vous attends là, le plus tôt possible, tous les deux.

Et elle raccrocha. Juste à ce moment, la porte principale du bureau s'ouvrit et la plantureuse Candy parut. Elle s'avança vers Michel et dit à voix basse.

— J'ai compris le message de Danielle, je suis passée à mon appartement. Personne n'y est entré, mais je me suis informée auprès de voisins et des employés de la compagnie de téléphone, semble-t-il, ont travaillé dans le poteau, juste derrière chez moi.

Michel se tourna vers Danielle.

— Nous partons, Candy et moi ; nous devons retrouver maman Corinne et il nous faut faire des achats.

Candy voulut parler, mais Michel lui coupa la parole.

— Je t'expliquerai en voiture.

Quelques instants plus tard, Candy s'installait dans l'automobile du grand Beaulac. Ce dernier lui conta tout ce qu'il savait et lui fit part de l'appel de madame Dumont.

— Le patron a compris qu'il ne pouvait nous rejoindre personnellement. Il a téléphoné à sa mère et, tout de suite, elle m'a mis la puce à l'oreille en me parlant de son anniversaire et en me disant que le patron est aux États-Unis, ce qu'on ignorait tous les deux. Maintenant, ceux qui ont mis nos appareils sur écoute électronique ont entendu cette conversation. On peut nous surveiller. Il faut donc passer dans un magasin et acheter un cadeau pour madame Corinne. Faut que ça ait l'air naturel.

Candy murmura :

— Robert est sûrement en danger.

— Nous le saurons bientôt.

Vingt minutes plus tard, ils arrivaient au restaurant où Corinne les attendait. Michel avait porté une attention spéciale à toutes les voitures. Il ne semblait pas qu'on les ait suivis. Mais il fallait quand même être extrêmement prudent.

Ils embrassèrent madame Dumont, lui souhaitèrent bonne fête à haute voix et lui remirent son cadeau ; puis le trio commanda le repas.

C'est alors que Corinne, à voix basse, leur fit part de l'appel qu'elle avait reçu et par-dessous la table, elle tendit un papier à Michel.

— Tu peux le rejoindre à ce numéro-ci. Mais Robert veut que tu l'appelles de l'extérieur.

— J'avais deviné.

Et à haute voix, Michel déclara soudain :

— Idiot que je suis, j'ai oublié de prévenir Yamata et elle doit m'attendre pour souper. J'aurais dû lui téléphoner et passer la chercher. Je reviens dans une seconde.

Et il se dirigea vers la cabine téléphonique, située à l'arrière du restaurant.

*
* *

La porte arrière de la maison des Mitchell s'ouvrit, et un homme d'une quarantaine d'années parut.

— On a des visiteurs, Jane ?

Le Manchot plaça son revolver dans le dos de l'homme.

— Monsieur Mitchell, soyez calme. Nous ne sommes pas des criminels, mon amie et moi. Nous avons été obligés de nous installer ici et j'ai bien peur que nous soyons forcés d'y demeurer encore quelques heures.

L'homme, un type bâti en athlète, se dirigea rapidement vers sa femme.

— J'espère qu'ils ne t'ont pas fait de mal ?

Le Manchot le suivait de près. Mitchell se retourna brusquement. Le Manchot avait tout le temps pour tirer, mais il ne voulait pas blesser inutilement une personne innocente.

Mitchell lança son poing mais le détective évita le coup. Mitchell, qui savait sûrement boxer, voulut faire suivre son premier coup d'un puissant direct du droit. Mais vif comme l'éclair, le détective lui attrapa le poignet de sa main gauche et sa fameuse prothèse se mit à serrer. Mitchell poussa un cri de douleur.

— Je vous ai prévenu. Si vous ne vous calmez pas, il nous faudra employer la force. Assoyez-vous et écoutez-moi. Je vais répéter ce que j'ai dit aux deux femmes. Libre à vous de me croire ou non.

Il fit asseoir Mitchell. L'homme se frottait le poignet en se demandant d'où venait cette force incroyable.

Le Manchot raconta, dans les moindres détails, ses aventures depuis qu'on lui avait confié la mission de ramener Janine Lemay au Québec.

— Nous sommes pris dans une souricière, cette fille et moi. Si nous prévenons la police, nous risquons de nous faire descendre comme des rats. Par contre, nous ne pouvons sortir d'ici ; on doit surveiller toute la région.

Mitchell avait écouté attentivement le récit du Manchot.

— Je veux bien vous croire, dit-il enfin. Mais vous n'allez quand même pas vous cacher ici durant des jours. Et puis, il y a madame...

Il montra la conductrice de l'automobile.

— Si elle n'entre pas chez elle, on va sûrement la rechercher.

— Il a raison, mon mari va s'inquiéter, murmura celle qui s'appelait Lilian.

Juste à ce moment, le téléphone sonna.

— C'est probablement pour moi, dit le Manchot. Mais vous pouvez répondre, Mitchell. Cependant, surveillez bien vos paroles. Si vous nous trahissez...

— J'ai compris.

Mitchell décrocha.

— Je voudrais parler à monsieur Robert Dumont, fit une voix d'homme.

Mitchell n'avait rien compris, à l'exception du nom. Il ne connaissait pas le français.

— Dumont? demanda-t-il en anglais. Oui, je puis vous le passer, mais auparavant, j'aimerais que vous me disiez qui il est, ce qu'il fait, pourquoi il est chez moi.

Le Manchot arracha le récepteur des mains de Mitchell. Janine surveillait l'homme de près. Les deux autres femmes ne bougeaient pas.

— Qui parle? demanda le Manchot.

— Michel.

— Eh bien, dis donc en anglais qui je suis, ce que je fais. C'est important. Et il remit le récepteur à Mitchell.

— Vous m'écoutez? demanda Beaulac en anglais.

— Oui.

— L'homme qui est chez vous est Robert Dumont, un des meilleurs détectives privés du Québec. Il est facile à identifier, il est manchot. Ça ne paraît pas, mais il possède une prothèse qui lui tient place de main gauche.

Les yeux de Mitchell se posèrent sur la main du Manchot. Maintenant qu'il l'examinait attentivement, il se rendait bien compte que ce n'était pas une main normale et, soudain, il comprit la raison de la force que cette main possédait. Il avait déjà lu plusieurs articles sur les prothèses. Pendant ce temps, Michel continuait:

— Robert Dumont a quitté le Québec hier. Il n'a pas voulu nous dire où il allait, mais il est sûrement en danger, car on a placé les appareils téléphoniques de notre agence sur écoute électronique. On veut retrouver monsieur Dumont à tout prix. Enfin, croyez-moi, c'est un honnête homme et vous devez l'aider. Maintenant, laissez-moi lui parler.

Mitchell, sans mot dire, tendit le récepteur au Manchot et alla s'asseoir près de sa femme. Tous les deux causèrent à voix basse pendant que le détective engageait la conversation avec son principal adjoint.

— Je ne puis tout t'expliquer, Michel. Je suis venu chercher une fille, ici aux États-Unis. Je dois la ramener au Québec. Mais on veut tout faire pour l'empêcher de revenir au pays.

— Qui ?

— La pègre ; mais il y a des têtes dirigeantes, des personnages haut placés qui semblent renseignés sur tous mes faits et gestes. Déjà mademoiselle Lemay et moi avons échappé à la mort à plusieurs reprises. Si nous sommes encore vivants, c'est presque un miracle. Je suis à l'abri dans une maison, mais je ne puis la quitter, le risque est trop grand. Il faut que vous m'aidiez.

— Vous voulez que je demande le secours de la police ?

— Non, il ne faut prévenir personne, surtout pas les policiers. Il y a des traîtres partout. Tu vas prendre ta voiture, Michel. Il ne faut pas qu'on te suive. Candy est-elle près de toi ?

— Oui, nous sommes dans un restaurant, avec votre mère.

— Tu vas entrer chez toi et je te téléphonerai. Il faut lancer les criminels sur une fausse piste. Donc, l'appel que je te ferai, ce sera un piège pour ceux qui veulent m'empêcher de revenir au pays. Sitôt que tu auras reçu cet appel, tu sauteras dans ta voiture. Qu'on ne te suive pas. Tu te rendras à Plattsburg. Si tu y mets le prix, tu pourras sûrement louer un hélicoptère et un pilote. Il faudra transporter deux personnes, mademoiselle Lemay et moi.

— Mais où dois-je aller vous chercher ?

— Je te passe monsieur Mitchell, il va te donner des renseignements précis sur l'emplacement de sa demeure.

Le Manchot expliqua à l'homme ce qu'il attendait de lui et lui passa le récepteur.

Mitchell semblait être devenu très coopératif. Il donna tous les détails à Michel puis il passa le récepteur au Manchot.

— Tu seras chez toi dans combien de temps ?

— Moins d'une heure.

— Je te rappelle à six heures exactement. Nous ne causerons que quelques secondes. Je vais tendre un piège à mes ennemis. J'aurai besoin de Candy. Ensuite, tu partiras pour Plattsburg. Tu devras y passer la nuit. On ne voudra jamais te laisser voler de nuit en hélicoptère. Demain matin, mets-toi en route dès les premières heures du jour. Cette nuit, je vais grimper sur le toit de la maison et je ferai un signe que tu reconnaîtras, un énorme X, en noir, en rouge ou en blanc, selon la couleur du toit et de la peinture que je trouverai.

— Compris. Ensuite, que faisons-nous ?

— Nous déciderons une fois de retour à Plattsburg, où on pourra reprendre ta voiture. Je rappelle à six heures.

Le Manchot raccrocha puis il s'approcha de Mitchell et des deux femmes.

— La nuit sera longue, dit-il en anglais. Je dois vous surveiller de près. J'aimerais vous faire confiance mais je ne puis courir de risques.

Mitchell s'écria :

— Tout ça est ridicule, monsieur Dumont. Vous ne pouvez garder cette femme prisonnière.

Il montra Lilian puis enchaîna :

— Comment pensez-vous pouvoir vous en tirer ?

Quel plan avez-vous mijoté avec votre adjoint ?

— Je puis facilement vous le dire. Je n'ai rien à perdre.

Mitchell et les deux femmes écoutèrent attentivement.

Lilian, qui avait très peu parlé, prit enfin la parole.

— Monsieur Dumont m'inspire confiance, dit-elle. Je ne sais pourquoi, mais je suis prête à l'aider et je vais lui en donner la preuve. Maman habite la campagne, je suis allée la voir aujourd'hui. Elle n'a pas le téléphone chez elle, mais on peut la rejoindre par une voisine. Je vais téléphoner à mon mari, lui dire que maman est malade, que je dois rester près d'elle, qu'il ne doit pas m'appeler pour me déranger mais que je lui donnerai des nouvelles demain. Vous permettez que je téléphone ?

Jane Mitchell murmura :

— Si mon mari recevait un appel semblable, il est tellement jaloux qu'il vérifierait tout de suite.

— Moi, madame, répliqua sèchement Lilian, mon mari me connaît ; donc, il me fait confiance.

Et elle téléphona à son époux. La conversation dura à peine une minute.

— Voilà, il m'a dit de rester auprès de ma mère. Il en profitera pour aller à la boxe avec des amis.

Le Manchot fit signe à Janine :

— Accompagne ces deux femmes dans la cuisine. Il faut que nous mangions tous. Mais sois prudente et ne les perds pas de vue.

Il avait donné cet ordre en français. Les autres n'avaient donc pas compris. Janine poussa les deux femmes vers la cuisine. Mitchell s'approcha du Manchot.

— Et maintenant, si vous abaissiez cette arme, monsieur le détective. Vous savez fort bien que sans mon aide vous ne vous en tirerez pas. Vous et votre amie devrez vous reposer cette nuit.

— Nous pouvons monter la garde à tour de rôle.

— Allons donc, soyez logique, Dumont. Vous êtes deux, nous sommes trois. Il vous sera impossible de nous surveiller continuellement durant 24 heures. Vous voulez faire un signe de reconnaissance sur mon toit, vous avez besoin de peinture. Vous devrez obtenir ma coopération. Ça prend une échelle, vous devez grimper sur la maison...

Mitchell avait entièrement raison.

— Je vous donne ma parole d'honneur que ni moi, ni ma femme nous ne vous trahirons. Quant à l'autre dame, Lilian, elle est sincère et elle veut aussi vous aider.

Et il analysait la situation logiquement :

— Vous pouvez prendre le risque de vous dresser contre nous. À ce moment, nous profiterons du moindre moment d'inattention pour vous réduire à l'impuissance et téléphoner aux policiers. Vous pouvez également vous enfuir, soit dans ma voiture, soit dans celle de madame. Mais j'ai l'impression que vous ne pourrez pas aller bien loin.

Et il tendit la main au détective.

— Alors, que décidez-vous?

— Je n'ai pas le choix. Espérons que ma confiance ne sera pas mal placée.

Les deux hommes se serrèrent la main et le Manchot remit son 45 dans son étui. Les femmes préparaient le repas.

— Je m'intéresse beaucoup aux prothèses. J'ignore si ma femme vous l'a dit, mais je suis chiropraticien. Je puis jeter un coup d'œil sur votre membre artificiel?

— Pourquoi pas?

Le temps passa rapidement et lorsque six heures arriva, le Manchot appela directement chez Michel Beaulac. Ce fut son assistant qui répondit et se mit à parler volubilement.

— Il y a beaucoup de nouveau, patron. J'ai appelé un terrain d'aviation privé à Champlain, tout près de la frontière. Ils possèdent des hélicoptères et des petits avions. On organise des tours au-dessus des grands lacs, pour les touristes. J'aurai un hélicoptère demain.

Le Manchot poussa une exclamation. Michel venait de commettre une erreur impardonnable. Il était chez lui, on écoutait sur sa ligne et il venait de dévoiler le plan de son patron, juste au moment où le Manchot semblait avoir obtenu toute l'aide qui lui était nécessaire pour mener sa mission à bonne fin.

Chapitre VIII

VOYAGE DE RETOUR

— Tu es le pire idiot que j'aie connu, ragea le détective. Tu sais que ta ligne est surveillée. Maintenant, on retracera mon appel, on saura où je suis. Je te croyais plus intelligent que ça, Michel.

Le grand Beaulac semblait très calme.

— Torrieu que vous me connaissez mal, patron. Je savais que je ne pourrais parler chez moi, que nous serions écoutés. Je suis arrêté dans un magasin d'articles électroniques, j'ai acheté un très long fil pour le téléphone. J'ai débranché mon appareil. Vous savez que je suis fort habile dans les petites réparations. J'ai installé le fil de rallonge à mon appareil, j'ai dit à mon voisin que mon téléphone était défectueux. Il a trois prises téléphoniques dans son appartement. J'ai appelé la compagnie de téléphone une fois l'appareil installé. Je leur ai donné le numéro de ma carte de crédit, je leur ai expliqué que j'avais besoin de leur aide, qu'il fallait qu'on transfère tout appel sur la ligne de mon voisin. Ce ne fut pas facile, mais on a accepté de le faire. Je craignais que le tout ne soit pas terminé pour six heures. Nous pouvons donc parler sans crainte.

— Ce que tu as fait est bien mais inutile ; ça ne me permet pas de préparer le piège. Je voulais

110

dire, sur ta ligne, que je demandais l'aide de Candy, que je voulais qu'elle saute dans sa voiture et qu'elle passe par les Mille-Îles, qu'elle prenne la route 81 où je lui aurais donné rendez-vous.

— Ça aurait été trop long, torrieu ! Ils auraient retracé l'appel. Donnez-moi des détails, dites-moi où exactement Candy serait supposée vous rencontrer et je m'occupe du reste.

Le Manchot ne comprenait pas le plan de son assistant.

— Mais comment aurais-je pu te téléphoner, à quel endroit ? On soupçonnera immédiatement le piège.

— J'ai pensé à tout, carabine ! Vous m'avez fait parvenir un télégramme, je viens tout juste de le recevoir. Vous dites à Candy de vous rencontrer à telle heure et à tel endroit sur la route 81. Je dirai que vous avez ajouté les mots « prudence et danger ».

Robert Dumont dut s'excuser auprès de son assistant. L'ingéniosité de Michel le surprenait.

— Candy est retournée chez elle. Je vais l'appeler aussitôt que j'aurai tous les détails.

— Une seconde, sur le télégramme tu peux ajouter « Attends une heure, si pas au rendez-vous, aurai changé plan ». Ça évitera à Candy de courir des risques inutiles.

On dressa les plans, le Manchot donna tous les détails.

— Je t'attends demain avant midi.

— Comptez sur moi. J'ai le numéro de téléphone où vous vous trouvez ; si jamais il y a des pépins, je vous rappelle.

Le Manchot raccrocha. Les femmes firent savoir que le repas était prêt. On les attendait pour souper. L'atmosphère était détendue. Mais Robert Dumont gardait toujours son 45 à portée de la main. Il n'avait pas une confiance aveugle en ce trio qui pouvait donner l'alarme en profitant d'un moment d'inattention de sa part.

Au cours de la soirée, pendant que Janine restait en compagnie des deux femmes, Mitchell et le Manchot se rendaient dans un cabanon situé à l'arrière de la maison.

— Si vous avez remarqué, le toit est recouvert de bardeaux noirs et il est plat. J'ai de la peinture blanche. Un gros X, ça paraîtra de très loin et c'est facile à peinturer. Vous voulez sans doute que je m'en charge ? demanda Mitchell.

— Je puis le faire.

— Non. J'aime mieux que ce soit moi. Autrement, pendant que vous serez sur le toit, je pourrais en profiter pour fuir. Je veux vous prouver que vous n'avez plus à vous inquiéter de nous.

Ils installèrent l'échelle. Mitchell grimpa le premier. Le Manchot le suivit et lui tendit le gros pinceau et le gallon de peinture blanche.

Une demi-heure plus tard, l'homme avait fini son travail. Après avoir tout remis en place, le détective et Mitchell revinrent dans la maison.

Maintenant, il fallait songer à prendre un peu de repos.

— Les deux femmes, vous vous installerez dans la chambre de monsieur et madame Mitchell, ordonna le Manchot.

Janine attira le détective à part.

— Vous n'allez pas les laisser seules?

— Non, tu vas dormir dans un fauteuil.

— Si je dors, elles peuvent en profiter pour me frapper ou pour prendre la fuite.

— Aucun danger.

Le détective alla barricader solidement la fenêtre de la chambre. Lorsque les deux femmes furent couchées, il ferma la porte, plaça un gros fauteuil tout près et attacha une corde à la poignée de la porte.

— Tu vas te passer cette corde à la cheville. Si quelqu'un ouvre, tu t'éveilleras immédiatement.

Janine embrassa le détective sur la joue.

— Je vais m'ennuyer de toi. Où dormiras-tu?

— Il n'est pas question que je ferme l'œil. Nous veillerons toute la nuit, Mitchell et moi. Nous allons nous préparer du café. Mitchell dormira s'il le désire, mais pour moi, il n'en est pas question. Je suis habitué à passer des nuits sans sommeil dans mon métier. Nous avons un sixième sens. Si jamais nous sommeillons, le moindre bruit nous fait sursauter. Je ne suis pas inquiet du tout.

Pendant ce temps, à Montréal, se servant de son propre appareil téléphonique, Michel Beaulac avait téléphoné à l'appartement de Candy.

— J'ai du travail pour toi. Ne me demande pas ce qui se passe, je n'en sais pas plus long que toi. Il faut que tu partes pour les États-Unis. J'ai reçu un télégramme de monsieur Dumont.

Et Michel fit mine de lire le télégramme.

— Je dois donc le rejoindre sur la route 81 ?

— C'est ça. Note bien le point et l'heure de la rencontre. Si après une heure d'attente, le patron n'est pas là, c'est qu'il aura changé ses plans ; tu n'auras qu'à revenir au Québec. Maintenant, un dernier conseil. Repose-toi et mets-toi en route en fin de soirée. Il y aura beaucoup moins de circulation.

— Entendu Michel. Et tu t'occupes du bureau ?

— Ne sois pas inquiète, ma grosse. Tu connais mes capacités.

— Justement, je te connais. C'est pour cette raison que je m'en fais.

Et Candy raccrocha. Michel était fier de lui. Si quelqu'un était à l'écoute de leur conversation, celle-ci avait dû paraître très naturelle.

— Tu pars quand pour Champlain ? lui demanda Yamata.

— Un peu plus tard, au cours de la soirée.

— Je vais avec toi !

Michel sursauta :

— Jamais de la vie. Monsieur Dumont me ferait des reproches si...

Mais Yamata ajouta fermement :

— Je t'accompagne, Michel Beaulac. J'arrive d'un long séjour à l'hôpital et je n'ai pas l'intention d'y retourner.

114

Le jeune détective ne pouvait suivre le raisonnement de son amie.

— Mais c'est en venant avec moi que tu cours des dangers.

— Au contraire. Je t'accompagne. Je reste à Champlain. Tu peux même me confier du travail durant ton absence. Par exemple, louer une voiture pour le patron afin qu'il ne revienne pas avec toi. Si je reste ici, ceux qui recherchent monsieur Dumont vont comprendre que tu leur as tendu un piège. Ce ne sont pas des imbéciles. Alors, mets-toi à leur place. Que feront-ils ? Ils se lanceront à ta recherche pour te faire parler. Or tu seras absent et moi je serai ici, seule, à les attendre. Eh bien non, non et non. Je t'accompagne. Un point c'est tout.

Michel ne répliqua pas. Mais encore une fois, les mêmes questions hantaient son esprit.

« Elle mène tout. Elle n'admet pas que je ne partage pas ses idées. Torrieu ! Qu'est-ce que ça va être lorsque nous serons mariés ? »

*
* *

Au dernier bulletin de nouvelles de la soirée, à la télévision, on laissa savoir aux auditeurs que les policiers étaient à la recherche d'un homme et de sa compagne, de dangereux criminels qui avaient déjà assassiné deux personnes en prenant la fuite.

On montra une photo de Janine et une du Manchot, offrant une généreuse récompense à toute personne qui fournirait des renseignements conduisant à l'arrestation des coupables.

— Vous avez la preuve que j'ai dit la vérité, fit le Manchot à Mitchell. Si les policiers avaient été honnêtes, ils auraient donné mon nom. Ils savent qui je suis. Non, on ne passe que ma photo, comme si j'étais un vulgaire criminel.

Mitchell se leva pour tourner le bouton de l'appareil.

— Nous allons nous reposer.

— Ne fermez pas l'appareil. Je vais regarder le dernier film, si ça ne vous dérange pas. Quand je suis nerveux, je suis tout à fait incapable de fermer l'œil.

L'homme esquissa un sourire narquois :

— Après tout ce que j'ai fait, vous manquez encore de confiance en moi ? Vous croyez que la récompense qu'on vient d'offrir peut me faire changer d'idée ?

— Non, pas du tout.

Mais Mitchell avait fort bien deviné. Il s'étendit sur le divan et ne tarda pas à fermer l'œil.

Lorsqu'il fut endormi, le Manchot se leva sans bruit et poussa deux gros fauteuils contre le divan. Mitchell ne pouvait se lever sans déplacer ces fauteuils ce qui ferait suffisamment de bruit pour éveiller le détective.

Lorsque le dernier long métrage se termina à la télé, Dumont poussa sur le bouton et tout devint silencieux dans la maison. On aurait pu entendre voler une mouche.

Il se versa une quatrième tasse de café et s'installa confortablement dans un fauteuil.

À quelques reprises, il ferma les yeux et sommeilla, mais il s'éveillait toujours brusquement. Mitchell n'avait pas bougé. Dans la porte de la chambre du couple, Janine s'était endormie, accroupie dans son fauteuil.

Le détective se rendit à la porte, l'ouvrit. Une bouffée d'air lui ferait un bien immense.

Et c'est à ce moment précis qu'il aperçut des phares sur la route. Trois voitures avançaient lentement et, à l'aide de projecteurs, on éclairait toutes les maisons du voisinage.

« Ils sont à notre recherche. On doit passer toute la région au peigne fin. Il faut les éloigner d'ici. »

Il alla éveiller Mitchell. Ce dernier se demandait bien ce qui se passait.

— Dans quelques instants, ces voitures passeront près d'ici, éclaireront votre maison. Sortez, Mitchell et lancez-les sur une fausse piste. Il faut les éloigner. Rappelez-vous une chose, je serai derrière la porte et si vous me trahissez, je n'hésiterai aucunement à tirer. J'y laisserai ma peau, mais vous serez le premier à partir.

Et lorsqu'un faisceau lumineux balaya la maison, Mitchell ouvrit immédiatement la porte et s'avança sur la route.

— Que se passe-t-il ? Pourquoi ces lumières ?

Un des hommes, installé dans la première voiture, demanda :

— Vous n'auriez pas vu un homme dans la quarantaine avancée, accompagné d'une jeune femme ? Ce sont des criminels en fuite.

— Pouvez-vous me les décrire ?

— Vous n'avez pas regardé les nouvelles à la télévision ?

— Non, je travaille dans mes livres de comptabilité. C'est pour cette raison que je ne suis pas couché.

— À qui appartiennent les deux voitures ?

— La Volvo, c'est celle de ma femme, l'autre la mienne.

L'homme donna une bonne description du Manchot et de sa compagne.

— Mais si, j'ai vu ce couple s'écria Mitchell. Avant de terminer mon travail, je suis passé au restaurant prendre un Coke. C'est la station d'autobus. L'homme que vous décrivez était là. Il a acheté deux billets pour Washington et je l'ai vu rejoindre une jeune femme qui était demeurée à l'extérieur.

Le type assis dans la voiture poussa un juron.

— Ils ont pris la direction de Washington au lieu de filer vers Montréal. Ils tenteront sans doute de monter à bord d'un avion avant qu'on ne puisse les rejoindre. Merci du renseignement.

Et la voiture fonça dans la nuit, suivie des deux autres automobiles.

*
* *

La nuit s'était déroulée sans autre incident. Janine s'était éveillée aux petites heures du matin.

— Robert, va t'étendre dans le fauteuil, près de la porte. Il faut que tu te reposes. Moi, je me sens en pleine forme, avait-elle dit.

Le Manchot accepta avec empressement. À huit heures, Jane et Lilian se levaient. On prépara le déjeuner.

À neuf heures, Mitchell téléphona à son bureau, disant à son infirmière qu'il devait s'absenter, du moins pour l'avant-midi, et lui demandant de remettre les rendez-vous qu'il pouvait avoir.

À dix heures, le Manchot ne tenait plus en place. Il sortait continuellement de la maison et inspectait le ciel. Le temps s'était assombri, les nuages commençaient à s'amonceler et s'ils devenaient trop opaques, Michel risquait de ne point voir le gros X sur le toit de la maison.

Soudain, Mitchell, qui s'était installé dans une balançoire à quatre places dans le jardin, se leva brusquement.

— Vous avez entendu ? Un bruit de moteur, ce doit être l'hélicoptère.

Le Manchot inspecta le ciel avec la lunette d'approche que lui avait prêtée le chiropraticien.

— L'hélicoptère. Il est là, je le vois, il approche... non, il s'en retourne. Bon Dieu, mais pourquoi ne vient-il pas par ici ?

L'appareil s'était perdu dans les nuages. On ne pouvait plus percevoir le bruit du moteur. Mitchell, rapidement, s'était rendu au cabanon. Il sortit en courant portant un bidon.

— Éloignez-vous, Dumont.

Il vida le contenu du bidon sur le sol, à l'arrière de la maison, et fit craquer une allumette qu'il lança sur le liquide. Aussitôt, une flamme vive s'éleva dans le ciel.

— Je garde toujours de l'essence ici, en cas de panne. Ça ne brûlera pas longtemps, mais ça va attirer l'attention.

Et il avait bien raison. L'hélicoptère apparut, se rapprochant rapidement.

Le Manchot s'empara du boyau d'arrosage, qui servait à l'entretien de la pelouse, et éteignit rapidement le feu. La fumée se dissipa. Du haut du ciel, dans l'hélicoptère, Michel venait d'apercevoir la grosse croix blanche sur le toit de la maison. Il fit signe au pilote.

— C'est ici, descendez. Faut trouver un endroit pour se poser.

Il aperçut un homme qui faisait des signaux avec la main droite. C'était sûrement Robert Dumont. L'hélicoptère se posa quelques secondes plus tard, à l'endroit même où l'essence avait fini de brûler.

Janine sortit de la maison et courut à l'appareil.

Le Manchot sortit son porte-monnaie. Il lui restait encore un peu d'argent. Il tendit deux billets à Mitchell.

— C'est peu. Vous remettrez cent dollars à madame Lilian et vous garderez l'autre. Vous mériteriez plus que ça. Je ne sais comment vous remercier.

Mitchell lui serra la main.

— Bonne chance, monsieur Dumont.

— Vous entendrez sûrement parler de mademoiselle Lemay si vous suivez les nouvelles du Québec.

Le détective s'engouffra dans l'hélicoptère, et aussitôt l'appareil s'éleva dans le ciel.

— On retourne à Champlain? cria le pilote.

Le Manchot fit un signe affirmatif de la tête. Ce n'était pas le moment idéal pour tenir une conversation, le moteur faisant un tapage infernal.

Soudain, le pilote poussa Michel du coude.

— Regardez... sur la route. Des voitures de police.

— Ils vont vers la maison.

Le Manchot cria :

— Montez le plus haut possible.

Et il songea :

« Tout à l'heure, je craignais les nuages, mais maintenant, ils vont nous sauver la vie. »

*
* *

L'appareil s'était posé à Champlain sans encombre. Enfin, Michel et le Manchot purent causer librement.

— Où es-tu descendu ?

— Un petit motel, tout près de la frontière. Yamata nous y attend.

Le Manchot sursauta :

— Quoi ? Yamata ?

— Oui, je vous expliquerai. Montez dans ma voiture.

Janine s'installa à l'arrière et le Manchot prit place aux côtés de Michel.

Ce fut Beaulac qui, le premier, expliqua la raison de la présence de Yamata.

— Elle devait profiter de mon absence pour vous louer une voiture. Si vous préférez ne pas entrer avec moi, nous pouvons nous suivre.

Le Manchot raconta alors à son assistant tous les détails de son aventure.

— Sacrament ! murmura Beaulac. Un agent spécial du gouvernement qui serait affilié au milieu de la pègre.

— Je n'affirme pas ça. Smith a beaucoup trop d'assistants qui rôdent dans les parages. Ils ont pu le trahir. De toute façon, il ne faut pas que nous entrions en contact avec lui.

Robert Dumont se retourna, se mit à genoux sur la banquette avant et demanda à Janine :

— Regarde-moi... oui, c'est possible. Arrête-moi à une pharmacie, Michel.

— Pourquoi ?

— J'ai une idée.

Le Manchot ne fut que quelques minutes absent. Il revint avec un petit sac.

Bientôt, la voiture de Beaulac s'arrêta devant le motel situé à deux milles de la frontière.

Yamata sortit rapidement de la chambre en voyant paraître son ami.

— Enfin, vous voilà, monsieur Dumont.

Elle embrassa le Manchot sur la joue puis, se dégageant, elle montra une grosse voiture qu'elle venait de louer.

— Vous n'aurez qu'à la remettre à l'agence, à Montréal. Tout est payé.

— Tu es merveilleuse, Yamata.

Tout le monde entra dans le motel. Le Manchot demanda aussitôt :

— J'espère que tu as tous les papiers avec toi, Yamata ?

— Oui, pourquoi ?

— Tu vas m'aider.

Le détective ouvrit le sac et en vida le contenu sur le lit. Il expliqua :

— De la teinture, du maquillage. Enlève ta perruque, Janine. Ces deux femmes ne se ressemblent pas, mais toutes les deux sont plutôt petites et ont une figure mince. Nous allons transformer Janine en Japonaise. Toi, Yamata, charge-toi des cheveux. J'ai acheté une teinture noir jais. Je m'occuperai ensuite du maquillage.

Puis, se tournant vers Michel, il lui ordonna :

— Va à la ville et informe-toi s'il y a des autobus pour la métropole. Si tu le peux, achète un billet pour aller seulement. Si on te demande des papiers d'identification, ne prends pas le billet tout de suite. Mais il est probable que les officiers de l'immigration ne questionnent les passagers qu'une fois à l'intérieur de l'autobus.

Lorsque Michel revint avec un billet d'autobus, il annonça :

— Le départ a lieu à une heure. Si j'allais chercher quelque chose à manger ?

Il jeta un coup d'œil sur Janine Lemay. Ses cheveux étaient devenus très noirs et à l'aide d'un journal, Yamata s'efforçait de les faire sécher.

Le Manchot expliqua à Janine :

— Une fois dans la métropole, tu te rendras au motel Attaché, rue Lajeunesse, près de la rue Sauvé. Loue une chambre et n'en sors pas.

— Sous quel nom ?

— Tremblay, c'est l'un des noms de famille les plus répandus. Mais vu qu'on te prendra pour une Chinoise ou une Japonaise, donne le prénom de Yamata. Même si tu es sans nouvelles de moi, ne cherche pas à me rejoindre. Tu ne dois téléphoner à personne. Pour manger, il y a des restaurants qui font la livraison. Tu attends que je communique avec toi.

— Ça va être long ?

— Je l'ignore, mais quand j'irai te chercher, nous saurons probablement l'identité de ceux qui nous ont fait courir tant de risques et ils paieront pour. Je vais leur tendre un piège, à ma façon.

Chapitre IX

DÉMASQUÉS

Le Manchot aurait sûrement pu faire carrière comme maquilleur, au cinéma ou à la télévision.

À l'aide de traits faits avec un crayon brun, il dessina d'autres sourcils à Janine, lui allongea les yeux, puis appliqua un fond de teint d'un brun assez jaunâtre.

Quant à Yamata, elle avait attaché les cheveux de la jeune femme en queue de cheval.

Robert Dumont examina une carte d'identité de Yamata sur laquelle il y avait une photo.

— Tu n'es pas trop ressemblante, c'est parfait. On se rend compte que tu es Japonaise, c'est le principal. Si les douaniers posent des questions, Janine, tu n'auras qu'à dire que cette photo date de quelques années.

D'ailleurs, elle aurait également la carte d'assurance-maladie et la carte d'assurance sociale de Yamata, et sur ces deux cartes il n'y avait aucune photo.

— Tu n'as qu'à dire que tu es venue rencontrer une amie à Champlain. Tu transporteras la petite valise de Yamata. Tout ce qu'elle contient, ce sont ses vêtements de nuit, une paire de souliers et du maquillage.

— Et moi? demanda Yamata, j'entre avec Michel, je suppose?

— Non, sans papier d'identité, ça ne se fait pas. Tu te reposes sagement ici. Ton attente peut durer deux ou trois jours. Dès que ce sera possible, quand Michel aura récupéré tes papiers, il viendra te chercher.

À une heure, Michel faisait monter Janine Lemay dans l'autobus qui devait la conduire à Montréal.

Ce fut vers trois heures de l'après-midi que le Manchot décida d'entrer au Québec.

— Janine doit être en sécurité, maintenant; nous pouvons partir.

Michel lança un clin d'œil à Yamata, puis demanda :

— Dites donc, patron, vous et cette belle fille, vous vous tutoyez comme si...

Le Manchot le coupa :

— Comme si nous étions frère et sœur; c'est normal après les aventures que nous venons de vivre.

Le grand Beaulac n'insista pas. Il embrassa longuement Yamata, lui laissa de l'argent et lui conseilla de profiter du reste de la journée pour visiter les environs ou encore pour magasiner.

— Je ne reviendrai sûrement pas avant deux jours. De toute façon, quand tout sera terminé, je te téléphonerai.

Le Manchot s'installa au volant de la grosse voiture que Yamata avait louée et il fila en direction de la frontière. Michel suivait à peu de distance.

126

Aux douanes américaines, comme la voiture du Manchot portait une plaque des États-Unis, il dut s'arrêter et prouver qu'il était Canadien, qu'il avait loué cette voiture pour entrer au pays, et on le laissa aller.

Michel avait dû passer devant lui et il venait de franchir les douanes canadiennes sans difficulté. Mais il arrêta sa voiture pour se diriger lentement vers la salle de toilette des hommes.

L'automobile du Manchot s'arrêta devant le guichet du douanier en poste.

— Vos papiers?

— J'arrive d'un court voyage aux États-Unis. Ma voiture est tombée en panne et j'ai dû louer celle-ci pour entrer.

Le douanier jeta tout d'abord un coup d'œil sur les papiers de location puis sur la carte d'identification du Manchot.

— Vous êtes Robert Dumont, détective privé?

— C'est bien ça.

— Il faut que vous m'accompagniez à l'intérieur, monsieur Dumont. Stationnez votre voiture à droite. Vous êtes seul?

— Mais oui, pourquoi?

— On nous a dit qu'une jeune femme devait vous accompagner.

— C'est la vérité, mais elle m'a faussé compagnie hier, et je n'ai pu la retrouver.

Quelques instants plus tard, le Manchot entrait dans le grand bureau des douaniers.

Aussitôt, deux policiers s'avancèrent vers lui.

— Nous avons l'ordre de vous arrêter, monsieur Dumont.

— L'ordre de qui ?

— Un agent du fédéral, il se nomme...

— Robert Smith. Je le connais.

— Nous devons communiquer avec lui ; ensuite, il prendra les précautions nécessaires pour qu'on vous escorte jusqu'à Montréal.

— Et ma voiture ?

Un des douaniers déclara :

— Donnez-moi les clefs, monsieur Dumont, je me charge de la retourner au bureau de location de Champlain.

Le Manchot réfléchit, puis :

— Si je ne suis pas prisonnier, je puis sortir pour me rendre à la salle de toilette ? L'un de vous peut m'accompagner...

Et en souriant, le Manchot se permit un jeu de mots fort douteux :

— S'il en a envie.

Les douaniers se mirent à rire. Le Manchot sortit, suivi d'un policier qui demeura à l'extérieur de la salle réservée aux hommes. Quelques instants plus tard, Michel rejoignait son supérieur.

— Que vous arrive-t-il ?

— Tu peux continuer ta route, Michel, je ne cours aucun danger. Ce n'est pas moi que l'on visait, mais Janine Lemay. Maintenant que je suis seul, on va m'escorter jusqu'à Montréal. J'ai bien peur qu'on me fasse subir un troisième degré.

Beaulac, inquiet, demanda :

— Et la jeune Lemay ?

— Surtout, ne cherche pas à entrer en contact avec elle. Nous avons affaire à une organisation puissante. On va vous suivre probablement nuit et jour. Il faut attendre de pouvoir leur tendre le piège, tisser la toile d'araignée pour qu'ils ne puissent plus s'en sortir.

— Alors, je rentre à Montréal?

— Oui, et nous nous retrouverons au bureau, probablement demain, au cours de la journée.

Le Manchot sortit le premier de la salle de toilette et, toujours suivi du policier, il retourna dans la grande salle où douaniers et policiers étaient au travail.

Celui qui s'était occupé du détective le conduisit dans un bureau.

— L'agent spécial Smith veut vous parler. Je le rejoins dans une seconde.

Et en effet, après un moment, le Manchot reconnut la voix de Smith.

— Dumont, qu'est-ce que vous faites aux lignes? Et on m'a dit que Janine Lemay avait réussi à prendre la fuite?

— C'est l'exacte vérité, et j'aimerais bien rentrer au Québec. Pour quelles raisons me retient-on ici?

Smith s'efforça de demeurer calme.

— Ne vous emportez pas, Dumont. Je vous avais confié un travail bien précis, celui de ramener Janine Lemay au pays afin que nous puissions la faire témoigner au procès des assassins de son amant. Vous échouez dans votre travail, vous rentrez bredouille au Québec et vous vous attendez à des félicitations ?

— Pourquoi pas ?

Et le Manchot éclata de rire.

— Au fait, j'ai oublié de vous dire une chose. Janine Lemay m'a bien faussé compagnie, mais elle est présentement au Québec et elle témoignera lors du procès.

— Quoi ?

Une bombe serait tombée aux pieds de Smith qu'il n'aurait pas poussé un tel cri.

— Au Québec... c'est impossible. Mais où se trouve-t-elle ?

— Oh ça, personne ne le saura. Vous la verrez le jour du procès, Smith, pas avant.

L'agent spécial s'écria :

— Mais il faut que je la rencontre. Mon avocat doit l'interroger, nous devons établir une stratégie en cour et...

— N'insistez pas, Smith. Depuis le début de cette aventure, j'ai complètement perdu confiance en tout le monde. Alors, je ne mettrai pas en jeu la vie de cette jeune fille.

Smith décida de parler au douanier. Il semblait avoir complètement perdu toute contenance.

Lorsque le douanier raccrocha, il se tourna vers le Manchot.

— Deux policiers vont vous ramener à Montréal, monsieur Dumont.

— Chez moi ?

Le douanier répondit simplement :

— J'obéis aux ordres que l'on m'a transmis.

*
*   *

Michel, en faisant route vers Montréal, songeait à sa collaboratrice, la jolie Candy.

— Elle est maintenant seule, aux États-Unis, loin de nous tous et possiblement aux prises avec de dangereux criminels.

Soudain, il songea au téléphone que Candy possédait dans sa voiture.

— Torrieu ! J'aurais dû penser à ça plus tôt. Jamais on ne peut écouter sur ces lignes.

Il composa un numéro et, après un moment, il reconnut la voix de la jolie blonde.

— C'est Michel, où es-tu ?

— J'approche du lieu du rendez-vous. J'attendrai une heure et je reviendrai vers la métropole.

— On t'a suivie ?

— Et comment ! Deux voitures ne m'ont pas quittée. De véritables chiens de poche.

Michel demanda :

— Tu crois pouvoir leur échapper ? Tu n'as plus à te rendre au rendez-vous. La fille que le patron était allé chercher aux États-Unis est en sécurité. Tu peux revenir au Québec.

Candy soupira :

— Tant pis, il faudra que je prenne une journée de congé pour revenir chercher ma voiture.

— Comment ça ? Que comptes-tu faire ?

— Prendre les grands moyens. Les criminels qui me suivent ont sûrement la crainte des policiers. Alors, tire tes conclusions, mon grand.

Quelques minutes plus tard, Candy faisait brusquement demi-tour sur la route. Bientôt, elle franchissait les lignes pour la seconde fois. Les deux voitures la suivaient toujours, mais maintenant, elles se rapprochaient. On allait sûrement l'intercepter. Mais heureusement, on arrivait à un village. Sans hésiter, Candy se stationna face à la banque et entra dans l'établissement.

— Pour vous, mademoiselle? demanda la caissière.

Brusquement, Candy sortit son revolver de son grand sac à main.

— C'est un hold-up. Que personne ne bouge. Mettez tout l'argent de votre caisse dans mon sac, dit-elle à la caissière.

Personne n'osait bouger. Mais un garde de sécurité en uniforme, qui se trouvait près de la sortie, s'était glissé à l'extérieur sans attirer l'attention de Candy, du moins en apparence. Mais la belle fille avait vu, du coin de l'œil, le mouvement de l'agent.

Elle fit cependant comme si elle ne s'était rendu compte de rien et, une fois en possession de l'argent, elle sortit de la banque; aussitôt le garde la réduisit à l'impuissance. Bientôt, une voiture de la police vint prendre livraison de la prisonnière.

Au poste, la belle Candy s'identifia.

— Je ne suis pas une criminelle et j'exige qu'on me remette aux mains de la Sûreté du Québec. Je me suis fait arrêter volontairement pour échapper à des poursuivants.

On vérifia l'identité de Candy et, deux heures plus tard, c'est dans la voiture de policiers du Québec qu'elle faisait route vers Montréal ; miraculeusement, ceux qui l'avaient suivie durant plusieurs heures semblaient être disparus.

*
* *

Les deux policiers poussèrent le Manchot dans l'escalier.

— Montez au second étage, on vous attend.

Lorsqu'il ouvrit la porte de l'appartement, Robert Dumont aperçut l'ombre de deux hommes. Lorsqu'enfin ses yeux se furent habitués à la pénombre, il reconnut l'agent Robert Smith.

— Vous n'avez jamais changé, Manchot. Vous vous croyez supérieur à tous et vous vous moquez de la police officielle. Je vous ai confié un travail, vous avez été payé pour et maintenant, vous allez me dire où se trouve Janine Lemay.

— Calmez-vous Smith, fit l'autre homme en s'avançant, la main tendue, vers le Manchot. Je suis Lucien Larivée, procureur. Je suis très heureux de voir que vous avez pu ramener ce témoin important au Québec. Assoyez-vous, monsieur Dumont.

Le Manchot soupira :

— Enfin, un homme qui semble comprendre le bon sens. Smith n'a jamais été un excellent policier et il le prouve encore une fois.

L'agent spécial enrageait, mais le calme de l'avocat réussissait toujours à rétablir l'ordre.

— Dans quelques jours, Dumont, débutera le procès des assassins de Romano. Ce sont des tueurs à gages. Je suis persuadé qu'une personne les a payés pour commettre ce meurtre. Romano et ses hommes étaient des trafiquants de drogue. Ceux qui l'ont assassiné ont pris sa place sur le marché québécois. Il nous faut les démasquer. Janine Lemay...

— Elle en sait long, mais elle ne parlera pas, mentit le Manchot. Je l'ai longuement questionnée.

Smith hurla presque :

— De quoi vous mêliez-vous ? Ce n'était pas votre travail.

— Laissez-moi parler, Smith, continua l'avocat. Il faut que je la voie avant le procès. Je possède de bons arguments qui lui feront desserrer les lèvres. Je suis prêt à la rencontrer à l'endroit que vous voudrez, Manchot.

Robert Dumont murmura :

— Votre offre me semble raisonnable. Mais avant d'accepter, j'exige deux choses. Réfléchir jusqu'à demain, et le paiement en entier de mon salaire et de mes dépenses. Je vous préviens, Smith, ça se chiffrera à un montant très élevé.

L'avocat lui tendit sa carte.

— Monsieur Smith vous fera préparer un chèque sitôt que vous aurez présenté votre compte, Manchot. Quant à moi, j'attendrai votre appel. L'un de nos policiers peut-il vous reconduire à votre appartement ?

— Non, je déteste leur présence, je préfère rentrer en taxi.

Le lendemain, lorsqu'il arriva aux locaux de son agence, le Manchot convoqua immédiatement Michel et Candy dans son bureau. On discuta durant plus d'une heure, puis Dumont appela l'agent spécial Robert Smith.

— Je vous fais parvenir mon compte immédiatement, par messager. Je veux que vous veniez personnellement, à mon bureau, me porter mon chèque. Vous avez bien compris, j'ai dit personnellement. C'est très important.

— Vous avez téléphoné à l'avocat Larivée ?

— Pas encore. Venez à une heure exactement et vous comprendrez.

— Vous serez là ?

— Non, mais vous demanderez Danielle, ma secrétaire. Elle vous remettra un reçu ; surtout, ne l'oubliez pas.

Et à une heure exactement, l'agent spécial Smith arrivait avec le chèque fait à l'ordre du Manchot. Il le remit à Danielle Louvain.

— Vous avez un reçu pour moi ?

— Oui, dans cette enveloppe.

Smith ouvrit immédiatement l'enveloppe. Il sortit un bout de papier. Il s'agissait bien d'un reçu, mais tout au bas de la feuille, était écrit le mot « verso ».

Il lui rapidement :

Smith,

Je ne vous ai jamais considéré comme un bon policier, mais je vous crois honnête. Cependant, dans cette affaire, j'ai appris à me méfier de tout le monde. Je n'aime pas Larivée. Janine Lemay est inscrite sous le nom de Charlotte Duguay au motel Sunlight de Brossard, sur la Rive-Sud. Vous n'avez qu'à dire que vous êtes envoyé par moi, elle vous ouvrira. Je ne veux plus entendre parler de cette affaire.

Robert Dumont.

Smith mit rapidement la lettre dans sa poche et sortit des bureaux de l'agence.

*
* *

Candy était nerveuse. Drapée dans une robe trop petite pour elle, portant une perruque brune, elle attendait avec impatience dans la chambre numéro 16 du motel Sunlight de Brossard.

Il était environ deux heures lorsqu'on frappa à la porte.

— Qui est là ? demanda-t-elle.

— Je suis envoyé par Robert Dumont.

Elle ouvrit. Elle n'eut que le temps d'apercevoir un homme, muni d'un silencieux. Il tira deux balles à bout portant, à la poitrine de Candy. Elle s'écroula sur le tapis. Le tueur s'éloigna en fermant la porte derrière lui. Quelques secondes s'écoulèrent.

— Tu n'es pas blessée? demanda le Manchot en sortant de la salle de bains.

— Non, mais j'ai eu peur, s'il m'avait visé à la figure, cette veste anti-balles qui me serre plus qu'un corset ne m'aurait pas protégée. Dis donc, ça donne un choc de recevoir deux balles comme ça. Je n'aimerais pas répéter cette expérience.

— Reste étendue près du lit. Enlève ta veste anti-balles. Je vais verser un peu de teinture sur ta robe.

Quelques secondes plus tard, la mise en scène était prête. Le Manchot retourna dans la salle de bains. Vingt minutes s'écoulèrent, puis on frappa à la porte du motel à deux reprises.

Enfin, la porte s'ouvrit.

— Entrez, il n'y a aucun danger, elle est morte! Je vais immédiatement appeler le Manchot et lui dire que nous sommes arrivés trop tard.

— Vous croyez qu'il ne se doutera de rien?

L'agent spécial Robert Smith ricana:

— Même s'il nous croit dans le coup, il ne pourra jamais le prouver, et cette fille ne parlera plus. Personne ne sait que nous avons pris la direction des activités de Romano. Vous, un avocat de la couronne, on ne vous soupçonnera pas. Quant à moi, mon titre de policier et mon passé me protègent, j'ai fait arrêter de nombreux trafiquants. Je suis hors de tout soupçon.

Candy avait la tête du côté du lit.

— Probable que tu m'aurais reconnu en cour, la belle. J'ai déjà rendu visite à Romano à trois ou quatre reprises.

Robert Smith se pencha pour jeter un coup d'œil sur le cadavre de sa victime.

— Ah ça, mais ce n'est pas Janine Lemay!

— Non, ce n'est pas Janine Lemay, fit le Manchot en paraissant dans la porte de la salle de bains.

Deux policiers en uniforme, de la Sûreté du Québec, étaient derrière lui.

— Ces messieurs ignoraient tout ce qui allait se dérouler ici, mais ils ont entendu vos affirmations, Smith. Cette fois, vous ne pourrez pas vous en tirer.

— Vous ne pouvez rien prouver, cria l'agent spécial. Je n'ai participé à aucun meurtre. Je...

À cet instant précis, la porte du motel s'ouvrit. Michel Beaulac, deux autres agents de la Sûreté du Québec et l'homme qui avait fait feu sur Candy entrèrent.

— Je vous avais dit qu'il vous avait tendu un piège, fit Michel au tueur à gages.

Ce dernier se dégagea brusquement des deux policiers qui le retenaient et voulut se jeter à la gorge de Smith.

On réussit à le maîtriser rapidement.

À la grande surprise du tueur, Candy se leva en arrachant sa perruque.

— Mais comment peut-elle être vivante, j'ai tiré deux fois, à bout portant?

Michel éclata de rire:

138

— Regarde son buste. C'est dur comme de l'acier, du vrai béton, aucune balle ne peut traverser ces seins-là.

*
*   *

Vers la fin de l'après-midi, le Manchot, accompagné de Michel, se rendit au motel Attaché de la rue Lajeunesse.

— Je dois rencontrer une Japonaise, mademoiselle Yamata Tremblay.

Le commis jeta un coup d'œil sur le registre.

— Numéro 17.

Le Manchot alla frapper à la porte de la chambre où se trouvait Janine Lemay.

— Ouvre, Janine, c'est moi, Robert Dumont.

L'amante du défunt roi de la drogue ouvrit la porte.

— Enfin, te voilà, Robert !

Michel prit possession des papiers d'identification de Yamata et partit aussitôt. Une fois Beaulac disparu, Janine passa ses mains autour du cou du Manchot et ils échangèrent un long baiser.

— Tout est terminé, fit le détective en se dégageant. Tu avais deviné juste. Smith et son avocat étaient au fond de cette affaire. Comme agent fédéral, Smith avait communiqué avec les autorités américaines. Il a fait savoir aux policiers que je n'étais pas le véritable Manchot, que j'étais un tueur venu délivrer Janine Lemay et qu'il fallait m'abattre à tout prix. On avait mis nos têtes à prix. Non seulement les policiers étaient prêts à nous descendre à la première occasion, mais de nombreux tueurs à gages étaient sur notre piste. Smith faisait d'une pierre deux coups, puisqu'il m'a toujours détesté.

Janine demanda :

— Tu les as fait arrêter ?

— Oui, tous les deux. Nous avons suffisamment de preuves pour les faire accuser de tentative de meurtre sur la personne de ma collaboratrice Candy. Une enquête plus poussée prouvera sans doute que ce sont eux qui ont fait tuer Romano.

Elle murmura :

— Les salauds !

— Tu es libre Janine. Tu peux retourner aux États-Unis si tu le désires. Ici, au Québec, Romano avait des tas d'ennemis, et tu restes une personne marquée.

Le détective sortit quelques billets de banque de son porte-monnaie.

— J'ai ajouté des dépenses supplémentaires sur la note que Smith a fait payer par les autorités. Ça te permettra de recommencer ta vie.

Janine demanda :

— Nous nous reverrons ?

— Je ne crois pas.

— C'est regrettable. Tu me plaisais beaucoup, Robert Dumont.

Elle se colla à lui.

140

— Nous sommes à la fin de l'après-midi. Quelque chose me dit que tu n'as pas à retourner au bureau. Je me trompe ?

— Non.

Il la prit dans ses bras et le baiser fut plus long, plus prolongé que le premier.

— Avant de nous quitter, pour toujours, murmura Janine, je vais te faire l'amour à la Japonaise... mon héros !

*
*   *

Après avoir terminé sa journée, Michel Beaulac avait téléphoné à deux reprises au motel, à Champlain, là où se trouvait Yamata. Mais son amie était absente.

Il décida de manger au restaurant et, au cours du repas, il songea :

« C'est curieux. Il y a des fois où je ne suis pas certain de l'aimer, de pouvoir partager toute ma vie avec elle et si elle s'absente, je m'ennuie à mourir. Serait-ce ça, le véritable amour ?»

À sept heures, il n'avait toujours pas pu rejoindre Yamata.

Il décida de partir pour la frontière américaine. Le trajet durait tout juste un peu plus d'une heure. Lorsqu'il arriva au motel, il alla frapper à la porte de la chambre qu'il avait louée pour Yamata.

Mais encore une fois, il ne reçut aucune réponse. Inquiet, il alla s'informer au commis.

— Vous me reconnaissez, c'est moi qui ai loué ce motel pour mon amie, la Japonaise.

— Oui, je sais, il va vous falloir l'attendre. Elle est partie ce matin pour faire des emplettes, et elle n'a pas dit à quelle heure elle entrerait.

Yamata adorait la bonne nourriture. Une fois ses emplettes terminées, elle était probablement allée déguster un bon repas dans un grand restaurant.

— Neuf heures, elle ne devrait pas tarder.

Il retourna à sa voiture stationnée à peu de distance de la chambre de Yamata.

Michel n'en pouvait plus d'attendre. Sa montre indiquait onze heures vingt lorsqu'enfin une voiture s'arrêta juste devant la chambre de Yamata.

Un homme était au volant de la voiture, un type assez jeune. La porte avant s'ouvrit et aussitôt, le plafonnier éclaira l'intérieur. Michel se rendit compte que l'homme était un Asiatique.

Il vit Yamata se pencher sur lui et l'embrasser, puis elle descendit de voiture. L'automobile démarra aussitôt.

Michel avait été incapable de bouger, de faire un geste.

« Non, non, ça ne se peut pas. Elle dit m'aimer... je l'ai vue ! Et dire que j'allais l'épouser. Idiot que je suis. »

Le jeune détective remit le moteur de sa voiture en marche. Il allait entrer seul dans la métropole. D'un autre côté, il était venu à Champlain pour ramener Yamata. Il décida d'aller frapper à la porte de la chambre.

« Et en route, nous aurons une explication... définitive ; la dernière ! »

Il semble bien que, cette fois, le mariage de Yamata et de Michel Beaulac soit vraiment compromis !

Ne manquez pas de lire, dans quelques semaines, le numéro 40 des aventures de Robert Dumont, le Manchot, la seule série policière au Québec !

COMPOSÉ AUX ATELIERS
GRAPHITI BARBEAU, TREMBLAY INC.
À SAINT-GEORGES-DE-BEAUCE

Achevé d'imprimer
en octobre mil neuf cent quatre-vingt-quatre
sur les presses de l'Imprimerie Gagné Ltée
Louiseville - Montréal.
Imprimé au Canada